长篇小说

麗しき白骨

美丽的白骨

[日] 渡边淳一 著

竺家荣 译

青岛出版社
QINGDAO PUBLISHING HOUSE

目录

发端 / 001

实验 / 020

临床 / 077

疑惑 / 122

学会 / 160

危机 / 211

发端

1

196×年5月,在东都大学医学部整形外科召开了由教授、副教授、讲师、助理等十几名医师参加的会议。

会议的议题是"如何获得骨移植所需的骨头"。

顾名思义,骨移植即"给人体植入骨头"。

若患者因骨折或骨髓炎等骨科问题延误了治疗,患处会出现骨头缺损。而骨与骨之间只要有缝隙,即便患处的状态好转,骨头也接不上。

因此,必须用其他骨头来充填这个空间。

此外,骨肿瘤摘除术后,固定脊椎或关节时,都需要骨移植。

骨移植对整形外科来说是必不可少的治疗方法之一。

用于骨移植的骨头大致分为自身骨、同种骨和异种骨三种。其中自身骨即患者自己的骨头。腿骨骨折,骨头出现缺损时,就用患者自己的骨头来充填。

一般经常使用的自身骨取自骨盆。骨盆骨量丰富,而且是叫海绵骨的优质骨。正所谓"骨盆是骨头的银行",取相当数量的骨头也不会对患者有大碍。

与之相对的同种骨,是指同一生物属种的骨头,即同是人类的骨头,也就是说使用别人的骨头。

异种骨即其他生物属种的骨头,是指除人之外的牛、马、狗等动物的骨头。

一般来说,骨移植最理想的骨头是自身骨。

使用患者本人的骨头,血型等生理指标都很吻合,移植后不会发生排斥反应,成功率很高。

无论是因骨髓炎还是因肿瘤进行手术,最理想的莫过于取用患者自身骨了,但是这面临着一个问题。

需要骨移植的患者往往是长期休养者,体质一般比较弱。

在这样的人身上开刀从骨盆取骨,会增加其身体负担。而且需要骨移植的人大都是腿脚不便、长期卧床不起的病号,因而取骨很可能导致其罹患褥疮或加速其身体衰弱。

同种骨则不会给患者增加负担。因为其取自健康的人,所以不用考虑因骨移植引起的身体衰弱问题。

可是,很少有人会为了配合他人的治疗而甘愿捐献自己的骨头。

能提供骨头的人,至少是父母或兄弟,但这在现实中也很难实现。

而且,虽说同种骨也是人的骨头,但和自身骨相比,血型等其他生理指标都不同,也存在着不易接活的缺点。

尽管如此,骨移植和其他内脏器官的移植相比,排斥反应较少,成功率也高。

这主要是因为骨头不像其他内脏器官那样担负着复杂的新陈代谢功能。从发生学角度讲,骨头属于未分化的所谓的低级器官。

顺便说明一下,心脏属于较低级的器官。

而异种骨属于和人类骨种属完全不同的动物骨头,从骨头到血质都不一样,排斥反应自然强于同种骨。移植异种骨后,容易导致患部化脓或充填骨突出创面等排斥反应。

虽然移植异种骨的手术不易成功,但骨头很容易得到。去屠宰场,牛和猪的骨头想要多少有多少,只是接活率极低。

容易得到的骨头不容易接活,容易接活的不容易得到,很难两全其美。

因此,目前骨移植最常用的是自身骨和同种骨。

无论异种骨多么容易得到,因为容易引起患部化脓、伤口恶化,所以无法实际使用。

正如前面所说,自身骨可以从比较健康的患者身上取,但身体衰弱或不易从骨盆取骨的人就必须依赖同种骨了。

从手术的成功率和不给患者造成负担的角度来看,移植同种骨是比较理想的。

到二十世纪六十年代初为止,东都大学以及各大医院进行的骨移植手术使用的同种骨,都有着充足的供给源。

上年纪的读者一定会马上想到,其来源就是在胸廓整形手术中取下的肋骨。

那时候,肺结核手术经常采用胸廓整形的方法,即通过摘除肋骨,破坏因结核菌造成的病灶。现在仍有许多人在这种手术中被摘去几根肋骨。

二十世纪五十年代至六十年代,这种手术作为有效治疗肺结核的方法,得到了相当广泛的应用。

为获得同种骨而发愁的整形外科医生当然不会放过这个机会。

肋骨外形细长,可折成各种形状来使用,而且其中还有非常适合用于移植的海绵骨。

摘除的肋骨直接从胸外科医生那里转到了整形外科医生手里,整形外科医生将它们保存在本科的冷冻室里,需要时取出来使用。

也许有人会担心:肺结核患者的骨头里是否感染了结核菌呢?通过洗骨、低温冷冻保存,结核菌几乎全都被消灭了。

而且,肺结核的病灶主要在肺部,感染到外侧肋骨的可能极小。万一肋骨被感染了,肉眼也能看出来,把那段骨头切除就可以了。

由于胸廓整形是以破坏病灶的方式治病,所以,被摘除的肋骨健康的居多。

总之,只要进行胸廓整形手术,就不愁没有同种骨可用。

可是,肺结核手术方法的改革打碎了这一美梦。

从二十世纪五十年代中期开始,胸廓整形的手术方法迅速衰落,代之而起成为主流手术方法的是病灶摘除术。

从这个时期开始,麻醉技术和输血技术的发展,使直接开胸的开胸术成为可能。即使打开胸腔几个小时,出血量达几千CC也不用担心了。

这样一来,比起从四周破坏病灶等笨拙的方法来,直接挖出恶性组织的病灶摘除术更为切实有效。

这个手术要打开胸腔,当然也要切除一部分胸骨和肋骨,但最多一两根。后来人们又发明了强力开胸器,几乎不用摘去肋骨也能够看清楚胸腔里面,使袪除病灶的作业成为可能。

这种手术初期也经历过多次失败。有袪除患者病灶的肺前叶或肺中叶后,断面再次出血而导致患者死亡的病例;也有因患者肺活量小,不堪手术带来的身体负担而死亡的病例。这种手术的死亡率近百分之五十。

但是,随着胸外科技术的进步以及适合患者的手术方式的出现,几年内,死亡率便减少了。

进入二十世纪六十年代后,肺结核手术已经全部采用了这种病灶摘除术。这却使整形外科医师再一次面对无骨可用的烦恼。

2

东都大学医学部整形外科就是在这样的背景下召开全体医师的会。

"因此,今后我们几乎没有可能得到同种骨了。说是完全没有可能也不为过。可是现在骨移植手术仍然需要同种骨,而且需求数量会有增无减。今天,教授就这个迫在眉睫的重大问题,请大家来商量对策。"

新谷讲师有个毛病,一边讲话一边眨眼睛。

会议室是个长方形房间,正中有个长桌,四周摆了二十多把椅子。

中央的主位是一把转椅,那是教授的专座。

教授名叫可知康久,今年四十六岁。四年前,年仅四十二岁的他便得到了教授的头衔。

当然,在这幸运的背后,有着五十五岁的前任教授因心脏病而死亡的意外事件,但不管怎么说,他也是从年轻时起就被看作未来教授人选的精英。

教授的两侧是依序而坐医师们。

左手上座的是真野副教授,他对面是风间讲师。真野副教授的后面是坂井、仓泽助理、小田助理、川野助理;右手依次为铃木助理、坂井助理、金田助理、影山助理。

从上座按顺序排列座次,一般只排到五六位,剩下的人就随便坐了。

"所以,想请大家来商讨一下对策,有什么建议请谈谈吧。"

新谷虽为讲师,因兼任院长,这种时候常常主持会议。

"请大家畅所欲言。"

新谷瞥了一眼可知教授,教授靠在椅子背上,悠然地吸着烟斗,看样子是想先听听大家的意见。

"现在,冷冻室里保存的肋骨只有两根了,用完后就得不到了。"新谷补充道。

这时,小田助理探出身子问:

"如果今后不能指望胸外科提供肋骨的话,就必须保存好我们自己教室里的骨头了。那里有咱们科以前取出的多余的骨头。先把那些骨头收集保存起来是最重要的。"

"可是,整形外科取出来的骨头都是由于肿瘤和骨髓炎等疾病摘除的骨头,正常骨很少,又都很零碎。我觉得即使把这种骨头收集起来,能够用于骨移植的也不多。"铃木助理谨慎地反驳。

"既然没有其他的骨头,再零碎的骨头也只能保存好以备使用。"

"大块的骨头多数不能用,能用的也就米粒大小吧。"

"把它们黏合起来行不行?"

"黏合也不是件容易事啊。"

听着小田和铃木的对话,真野副教授自言自语地说:

"同种骨应该很容易得到。"

"从哪儿得到呀?"小田立刻问道。

"可不可以考虑用解剖室里的尸体的骨头呢?"

一瞬间,大家面面相觑。

"从尸体上,我们可以得到长管骨及扁平骨等各种形状的骨头。只要一具尸体,就够一年用的了。"

"可是……"

"当然不能取脸部的骨头,那样家属会提抗议的。在解剖时顺便取下一两根肋骨不会被发现的。"

"可是,这必须请解剖室协助,再说万一家属知道了……"

"大家都不说,谁会知道呢?即使是四肢的骨头,只要想取,也有办法。从大腿和上臂那样只有一根骨的地方取骨容易暴露,但从小臂和小腿那样有两根骨的部位取下一根也看不出来。缝合创口,缠上绷带就行了。谁会去翻动已经放进棺材里的死者呀!"

大家听得目瞪口呆。沉默了好一会儿,新谷讲师顾虑重重地说:

"可是,随便从遗体取骨违反《遗体遗弃法》及相关的法律吧?"

"也许违法吧,但只要我们不说出去,家属就不会知道。而且虽说是犯法,倘若这些骨头能够用于他人的治疗,死者本人和家属也会谅解的。"

真野副教授讲的确实有一定道理。尸体解剖完毕,医师将其创口缝合,还给家属后,马上就送到火葬场烧成灰了。相比直接火化,取出尸体上的一部分骨头用于拯救活人更有意义。

尽管如此,研究心旺盛的医师们还是很难迈出这一步。从遗体取骨必须得到病理科同事的同意,而且还会触犯法律,这使他们踟蹰不前。

"要是请病理解剖室的那些家伙帮忙,事情搞不好会从他们嘴里泄露出去。"

小田助理这么一说,真野副教授将香烟换了一只手说:

"如果担心泄露出去的话,也可以用咱们教室的呀。"

副教授的手细长而柔软,显得很灵巧。事实上确实如此。在心血管外科那些需要精细技术的手术方面,他是医院里数一数二的主刀医师。

"可以使用截肢的腿骨。"

"手术中切除的腿骨吗?"

"地下室的缸里不是有很多吗?"

整形外科第四研究室在医院东楼的地下一层。在研究室的角落里有几个直径一米的大缸,里面用福尔马林浸泡保存着截下来的四肢。

"可是,那些差不多都是因恶性肿瘤而截下的残肢呀。"

整形外科的患者截肢一般都是因为得了恶性肿瘤。以前骨折或骨髓炎等疾病也会截肢,但现在的医院已经不做那样粗暴的事了,医师们会尽可能地治疗,万不得已时才截肢。截肢什么时候都来得及,所以不必着急。

可是,恶性肿瘤的情况就不同了。放任不管的话,其就会因肿瘤细胞转移而加速患者死亡,所以,一旦发现恶性肿瘤,最好立刻截肢。早期诊断是最好的。

因此,第四研究室里保存的,几乎都是因恶性肿瘤而切除的残肢。

当然,截下的肢体上会有肿瘤细胞。例如膝盖上长了肿瘤的话,要从肿瘤以上十厘米至二十厘米处截断患肢。如果紧挨着肿瘤截肢的话,肿瘤细胞便会在剩下的肢体上复发,导致治疗失败。

从外观上看,从距离肿瘤部位十厘米至二十厘米处截肢是最保险的。实际上,东都大学整形外科也正是这样留出富余来截肢的。

无论怎样,有肿瘤就说明有肿瘤细胞。在一个人体内发育的肿瘤细胞是否会在别人的体内发育尚不能断定。一般来说,恶性肿瘤不是传染病,那么应该不会传染,可是,这种做法总让人不放心。

骨移植也是如此,尽管不使用有肿瘤的部位,但移植与其相连接的骨头也很让人担心。

"真的没有关系吗?"新谷讲师好像很在意这个问题。

真野副教授微微一笑,说:

"当然没关系。假设患者因大腿中央长了肿瘤而截肢,但用于移植的是小腿或脚的骨头,这样一来,它们之间就没有任何关系了。况且,截下的肢体保存在冷冻库里,即便有肿瘤细胞,其也被冻死了。退一步说,就算有活的肿瘤细胞植入他人的身体,也是不可能发育的,所以用不着担心。"

从理论上来讲,副教授说得没错。再说,截下来的健康骨头白白放着也是浪费。

"那么,直接使用现在泡在福尔马林里的骨头吗?"

"也可以,但最好是新鲜的骨头。最近有要截肢的患者吧?"

大家都沉默着。副教授的意见的确不错,截肢随时都有。说起来是不太好听,但在废物利用这一点上可谓一举两得。

然而,医师们对在截下来的肢体上再度切开皮肤取骨,仍然很难接受,感觉就像为了研究而利用他人的骨头似的。

"大家怎么看呢?"

新谷讲师像是征求意见似的扫视着众人。他自己也同意副教授的意见,只是有些不能释然。

"我想问一下,是把取下来的骨头,像你刚才所说的那样,先冷冻十天至两个星期后再使用吗?"坐在左侧中间的仓泽助理问道。

"不一定非得十天半个月,也可以马上使用,也可以稍微放上一段时间。总之,至少要进行一下清洗,洗去骨头里所含的血液成分,这和以前处理肋骨的方式一样。肿瘤细胞是否侵入了远离患处的部位?万一侵入了,需要多长时间才能够死灭?这些具体的问题要向病理科的同事咨询。但是,据病理科的横山副教授说,一般情况下,肿瘤细胞不会侵入距患部较远的部位,即便侵入了,骨头被切离肢体后,肿瘤细胞也会立刻死去。再说一遍,不用担心骨移植导致恶性肿瘤转移。"

真野副教授接着说:

"四肢的恶性肿瘤疾病,今后会有增无减。目前除了截肢外,还没有更好的治疗手段。既然同种骨的需求还会持续下去,不能够长期提供骨源的解决方案就没有意义了。"

大家又沉默了。副教授的意见乍一听,有点儿异想天开,仔细一想,却是最好的方法。至少目前来说,想不出比它更好的办法了。

"您看怎么样?"

新谷讲师窥测般地朝可知教授看了一眼。教授一直一边抽烟,一边听着大家议论。他也觉得该自己发表意见了,点了点头,说:

"刚才真野副教授的意见非常有趣。从截肢里取骨的话,咱们自己的科室也可以做,还能确保相当数量的骨头。残留在骨头中的肿瘤细胞动向多少令人担心,但这个问题不必去问病理科的人,咱们自己也可以充分地研究啊。脱离了活体,肿瘤细胞的死灭应该是不言而喻的,所以不必过于担心。总而言之,真野副教授的方法很有研讨价值。"

教授说到这儿,吸了两三口烟,继续说道:

"只是用这个方法或许能够确保同种骨的供应,可仔细想一想,这也不过是一时之策。目前也许可以依靠截肢来满足需求,然而随着恶性肿瘤的治疗日益进步,药物治疗和放射治疗正在成为主流,也许不久的将来就不用截肢了。最近研制出血液环流等方法,使骨头的恶性肿瘤得到了相当程度的抑制。"

教授说的一点儿没错。最近研制出了有疗效且无副作用的抗癌药剂,通过给患者注射药剂,使其直接到达肿瘤部位。

随着手术方法的进步,只挖去肿瘤组织,将健康的骨头植入这个空间的方法也在研究中。

"因此,最重要的是异种骨的开发。寻找更适合移植的异种骨是解决骨移植的首要问题。"

对这一点,大家都没有异议。

"如果能够得到与自身骨、同种骨匹敌的异种骨,患者就不必取自己的骨头或依靠别人的骨头了。然而异种骨的使用,正如大家所知道的那样,面临着很大的难题。如何去除异种蛋白是最难攻克的。"

正如教授指出的那样,骨头由有机成分构成,所以含有蛋白成分。骨中所含的血液和构成骨骼的骨细胞本身是由蛋白组成的。这些蛋白进入人体后,会产生异物反应,引起炎症和化脓。换句话说,动物骨头里的蛋白成分与人体的组织不相容,即产生所谓排斥反应。

因此,要把狗或牛的骨头植入人体,首先要去除异种骨里所含的蛋白成分。

过去实验过多种去除蛋白成分的方法,即脱蛋白的操作方法。

去除蛋白成分最简单的方法是清洗骨头。

骨头内侧的软骨像细细的蜘蛛网般交错纵横,其中潜藏着无数的红细胞和淋巴细胞。年轻人的骨头就像造血器一样可以造血,所以血液成分特别多。

切开骨头,露出骨髓,反复清洗多次,血液的有机成分就会脱落,红色褪去。

但是,如同很脏的布光用水洗是洗不干净的道理一样,骨头只用水洗也是不能完全去除蛋白成分的,必须再用其他方法处理。

首先是高温处理法。

将骨头放入热水里蒸煮,骨头会因蛋白成分脱落而逐渐变白。一般人以为骨头是白色的,这是误解。其实骨头内侧是红色的,表面微微发黄。

一般人在尸体火化后看到残留的骨头是白色的,因此产生这一误解。这是因为蛋白成分在高温下被烧光了。为了脱蛋白而进行高温处理就是这个道理。

此外，将骨头浸泡在丙酮液里的方法也在实验之中。

这是利用丙酮脱脂肪的功能去除蛋白成分，和去污是一个道理。将骨头浸泡在丙酮液中，脱去脂肪成分，即蛋白成分，就变成了白骨。

关于这个方法，在丙酮的浓度和骨头的浸泡时间上，研究者们看法不一。

还有脱蛋白法，即将骨头浸泡在酒精中去除蛋白成分的方法。这种方法也能使蛋白脱落，漂白骨头。

无论哪种方法，都是为了去除异种骨中所含的有机成分，减少术后的排斥反应。

但是，这些方法也不可能百分之百地脱蛋白。医师自认为充分地进行了脱蛋白的骨头，仍然残留着有机成分，实验已证明，这依然会引起排斥反应而使患处化脓或使异种骨被挤出。

这些实验已经在动物身上进行过多次，结论是种属不同的动物间的骨移植是有困难的。

"全面依靠异种骨的时代将会到来。为了这个目标，我们这里正式展开异种骨的研究吧。"

教授说到这儿，扫视着大家。

"从现在开始，我打算在咱们部门进行将经过各种处理的异种骨植入人体的实验。由于属于人体实验，公开的话，会引起非议，所以各位不要告诉患者，当然也不要让其他医师知道，实验必须秘密进行，否则会很麻烦的。"

一瞬间，大家都紧张地把目光一齐投向了可知教授。

3

东都大学在东京西北部的 K 市。从位置来说是西北，却起了个东都的名字。

不过,如果人们知道这名字包含着东都大学毕业生们希望母校成名的意愿的话,就不难理解了。

这所大学在"二战"前称为东都医专,属于过去的专科学校,这里的学生比帝大系统的医学部早两年毕业。它趁着战后学制改革之机升格为大学,搬到了现在的K市。

像这样因战后的学制改革而从医专升格为大学的学校很多,在这些大学中,东都大学称雄一方。因为东都作为医专历史悠久,师资雄厚、研究设备齐全,与战后将高专等学校聚合而成的大学不同,它在各方面都堪称一流。所以,它虽是升格成大学的医专,但与旧制帝大相比也毫不逊色。

尽管如此,这里怎么说也是新制大学。虽然在毕业生的知名度、医师会中的势力等方面并不落后,但从学术氛围这一点来说,与旧制帝大相比,还是稍逊一筹。

特别是在作为学术的化身而睥睨全国的T大面前抬不起头来。

其证据就是,东都大学的教授们仍是T大出身者占多数。

一般来说,医学部的教授原则上从各大学招募来的,偶尔也有像少数私立大学那样,全是由自己的大学毕业生组成的,但那只是例外。像东都大学这样的国立大学,广泛从全国招募人才是惯例。

但归根结底,这只是个方针。最近,从国立大学本校出身的教授的比例也逐渐增大了。有人说,这是地方大学的民族化。

以前,地方大学或专科学校的教授班子几乎都被中央的大学或旧帝大系统出身者占据。地方大学似乎逐渐变成了中央大学毕业生们的就职之所。

然而,随着地方大学渐渐充实,成立了研究生院,母校出身者也逐渐当上了教授、副教授,对"中央大学的殖民地"的传统开始了反抗。

虽说是地方大学,半数以上的教授由母校毕业生组成已不是新鲜事,极端的地方,母校出身者达到了九成甚至全部。

东京近郊C县的C大医学部就是这样的。虽说和T大仅仅相距一个小时的路程,本校出身的教授却占了九成多。

教授们的情况也不相同,T大犹如象牙之塔,其毕业生充满学究气,而C大的教授们则比较时尚,说得难听一点,擅长公关的教授很多。这从招徕患者的角度看,也是理所当然的。

而东都大学给人的印象是介乎T大和C大之间。说好听些是稳健,说不好听些是没有个性。

现在东都大学的教授包括基础医学教授、临床医学教授共三十二名,其中半数是T大出身者,其余的十人是东都大学毕业的,六人是关西的O大、K大毕业的。

在东都大学的教师这样历史悠久的大学里,教授的半数由T大毕业生占据,是非常罕见的。

这是从医专时代就延续下来的,所谓"以T大为本家,东都只是其分家"的传统。

曾经有些毕业生以母校和T大关系密切为荣,后来毕业生们逐渐试图摆脱T大了。最近,他们终于萌生了"我们的大学不是T大殖民地"的意识。

但是,想要脱离本家的统治不是轻而易举的事。

一个教授任期结束的新老交替,要等待十五六年,长的要二十年以上。到了改选时,如果同学会、助理们和讲师们不团结一致推荐母校出身者的话,就很难抵御地盘强大的T大出身者的入侵。

也就是说，新一任教授的选择，最终是通过教授们的互选实现的。

副教授和医师们再争吵，也没有选举权，投票的结果取决于现任教授的那一票。

这些现任教授多是T大系出身，如果他们一致推选T大出身者，其就会成功。

和国家独立一样，大学想要独立自主也非易事。

可是，为什么地方大学的民族主义风潮还是如此猛烈呢？

最大的原因还是毕业生们对母校的爱。自己毕业的大学总是受到其他大学出身者的压制，使他们感到不舒服。这样下去，总也抹不去其他大学"附属国"的感觉。

战前的旧制高中和医专时代只能这样，因为旧制高中和医专毕业的人没有资格当教授。但是，战后它们一律改成了大学，这种形式上的不利条件就不存在了。剩下的就要看毕业生们的实力了。

就实力而言，T大和K大等旧帝大系出身者中的优秀人才确实很多。他们绝大多数是抱着埋头做学问的热情进入大学的，至于他们能否胜任教授，就另当别论了。T大和K大的毕业生平均水平较高，但未必每个人都那么优秀。

野有遗贤，地方大学也有优秀人才。一个大学附属医院十年或二十年产生一个优秀人才也并非不可能的事。

还有一个原因让地方大学讨厌T大出身者，那就是他们不安心工作。他们的眼睛总是盯着中央医院，一有机会就要回去。

特别是在医学部那样的地方，教授既是教育者，同时又兼管着从医师招聘到晋升的人事权力，地位举足轻重。要是仅仅把地方大学当跳板的话，下面的医师就倒霉了。

事实上，T大出身的教授，十个人就有十个人想回归母校。他们不过把地方大学当作升迁的跳板而已。

光这些还好说，他们还要为回母校而拼命做出科研业绩。T大教授的退休年龄是六十岁，那么在此之前的十年或二十年间，地方大学的四十岁左右的年轻教授们，都有着成为T大教授而回T大的机会。当然不是说年轻教授谁都可以，有一定的排列顺序，不过，随着T大教授临近退休，竞争也会越来越激烈。

和从法律系、文学系毕业的官僚不同，在自然科学领域内的人是不能够论资排辈的。

关键的问题是本人的业绩。进行过什么研究、发表过什么论文，只有这些是决定性的，此人作为教育者的见识或作为临床医生的技术等因素都不受重视。

实际上，想要考核这些方面也确实很难。不可能为了考核手术技术，把申报教授的人召集来，让他们同时做胃溃疡手术。因为每个患者的病情不同，所以手术的手术难易度也不同，不好评判。再说，让当了地方大学教授的人进行这样的考核也有些失礼。而作为教育者是否优秀，不通过考核等集体研讨是评判不出来的。

因此，候选者是否优秀，就只能依靠审查他们的论文来评判了。

这样就产生了奇特的教授。这些教授的研究业绩非常优秀，但手术技术较差。这类教授在T大出身的教授中出乎意料地多。

在T大这样的地方，继承于德国医学的权威主义恶习至今仍有市场。和地方大学相比，这里医师较多而医师接触患者的机会很少。比如小小的阑尾炎手术，在地方大学，当了一年医师就开始跟着前辈做这样的手术了，而在T大最快也得两年，甚至需要三四年才能上手。

医学虽然属于自然科学,但手术本身却是一种技术。和屠宰场剔肉、鱼店宰鱼差不多,主要靠的是技能,提高技能的方法不外是熟能生巧。

虽然读了许多书,熟记了血管和内脏的位置,但一打开腹腔,就完全是另一码事。书不会出血,而有生命的人体会出血,血压也会下降。学习成绩再好的医科生,在手术上也比不过有经验的人。

不少T大出身的优秀医师属于此类不平衡的医师,他们往往具有文献上的知识,手术技术却不太行。就是说,他们是研究者而不是临床家。

东都大学的可知教授便是这种类型的人。

不言而喻,他是T大出身的,在东都属于进驻军了。好比是从总公司派到分公司的优秀职员。四年前,四十二岁的他成为东都大学教授,而他现年四十六岁。

相当于总公司的T大整形外科里的藤本教授,还有一年半就到退休年龄了。

可知教授来东都大学前是藤本教授手下的讲师。此外还有宫岛副教授、水口讲师、角田讲师,现在宫岛副教授当上了中荣大学的教授,角田讲师也当上了帝北大的教授。

剩下的水口讲师现在升格为副教授了。

一年半后,T大的藤本教授退休时,有望成为候选人的是曾经一起共事的宫岛、角田和可知三个人。

水口副教授虽说是他们的前辈,但已经五十一岁了,要升格为T大教授,年龄偏大了些。他实际上没有什么希望成为T大教授。

另外三人,宫岛四十七岁,角田四十八岁,可知四十六岁,年龄都非常接近。一年半后,藤本教授退休时,三个人都不到五十岁。

三个人作为各期的秀才深得众望。实际上,三个人也不负众望,学习勤奋,在各自的研究领域取得了佳绩。且不说临床技术,在论文数量上就不相上下。宫岛主攻股关节脱臼,角田主攻脊椎外科,可知主攻骨折和骨移植。三人主攻方向虽然不相同,但都进行着有特色的研究工作。

一年半后,三人将成为T大教授有实力的候选人,现在他们正齐头并进,正在进行的激烈竞争已是公开的秘密了。

当然,这三个人不会把这种竞争心态表现出来,在学会等场合见面时,仍然像以往那样热情寒暄、开玩笑,可他们心里想什么就不得而知了。想在这期间发表出类拔萃的论文、让学会震惊的打算也不能说没有。

"听说东都大学的可知教授要开始异种骨的研究了。"

这情报不知从哪儿泄露出去,传遍了全国。

"看来可知教授要最后冲刺了。"

"这么说,他要靠着它来回归T大了。"

其他大学的整形外科医师也在议论这件事。

对异种骨的研究,医学界从很久以前就在考虑了,却迟迟没能开始。

虽说医师们一直在研究去除蛋白成分的各种方法,却不敢轻易将异种骨移植应用于人体。万一失败,伤口化脓,就会延误患者治疗。要进行临床实验,必须有行动的勇气和自信。可知教授就是在这个时候正式宣布向异种骨研究发起挑战的。

实验

1

东都大学整形外科的骨移植研究正式启动是在开过会的两个星期后。

研究组分为同种骨研究组和异种骨研究组,前者由真野副教授负责,还有新谷讲师、川野助理、坂井助理等六名组员;异种骨研究组以风间讲师为主,还有小田、金田、影山助理等八名组员,可知教授任总指挥。

在大学附属医院里,一直设有骨关节脱臼研究组、关节炎研究组、骨病症研究组等几个研究组,像这次十四名成员的研究阵容可谓前所未有。

当然,不同的研究组之间,一部分医师是重叠的,但暂时要把主要精力放在骨移植研究上。由此可见,可知教授对这次研究是相当重视的,摆出了奋力一搏的架势。

教授以下的副教授、讲师、助理等骨干人员这样集中到一个研究课题上,可以说是从未有过的。讲师以上的医师没有参与的只有世本讲师一个人,他现在负责的是康复治疗,与临床的整形外科关系不大。

总而言之,这个班底可以说投入了目前科里所有的研究力量。

同种骨组的主任是真野副教授,加上新谷讲师,使这一组看上去阵容豪华,但是组员川野、坂井等人都是和骨研究有些距离的关节炎研究组成员,算是临时增援部队。

与此相对,异种骨以风间讲师为中心,下有小田、影山等八名组员,他们都是来自骨研究组的。

风间讲师在讲师里最年轻,只有三十八岁,却很早就开始骨研究了,作为后起之秀,他颇受可知教授器重。

由于真野副教授是从尸体上和残肢上取骨的提议者,作为同种骨组的负责人也顺理成章,可看一下这组的成员,又让人觉得这组处于附属地位。

教授的主要目标是异种骨研究。这一组里集中了以风间讲师为首的年轻有为者。

"这次的研究大概是教授和风间早已商量好的吧?"名单公布后,新谷讲师神情黯然地对坂井助理说道。

"商量好什么了?"

坂井留校后,就分到了新谷当主任的关节炎研究组,所以和新谷的关系比较亲密。

"就是说,先决定了让风间负责异种骨研究,然后才召集大家开会的。"

"不会吧。"

"风间那家伙什么事干不出来?他把这次的研究计划先拿给

教授看过,并得到了认可。"

新谷和风间同为讲师,新谷早风间两期。按讲师位次的排列,新谷在上,但在学问上,风间比较强。至少在研究和撰写论文方面,风间更有能力。

新谷也承认这一点。可他觉得,对临床医师来说,研究不是主要目的,手术和团结其他医师的能力才是首要的。实际上,新谷也确实宽宏大量,时常提携后辈,所以在医院里很有威望。他虽然身为讲师却兼任院长,这也充分表明了他具有这种亲和力。

然而,好脾气的新谷一谈到风间就变得苛刻起来。如果后辈跳过自己去请教风间的话,他就会表现出露骨的不快。尽管他也承认对方优秀,但被后辈超越毕竟不是件愉快的事。

总之,这次人事安排明显反映出教授对医师们的评价。

教授任总指挥无话可说,下面真野副教授和风间讲师并列,应该在风间之上的新谷却位于真野副教授之下。因此,他怀疑教授和风间勾结也是情有可原的。

"风间早就知道自己会成为异种骨组的负责人了,所以在会议上才一言不发。"

"他要是事先知道的话,不就积极发言了吗?"

"那家伙聪明得很。万一发言离谱,当上负责人后就会引起大家的反感。一声不吭而得到教授的推荐不是更保险吗?"

"也许吧。"

"还让我主持会议,真够阴险的。"

坂井觉得新谷想得太多了,只好沉默着。

"其实我还没什么,真野副教授恐怕心里也不舒服吧。"

"副教授是同种骨派,对异种骨的开发似乎不太感兴趣。"

"那是因为教授问大家有没有什么好方法,他才提出那个方案的,从研究的角度来说,异种骨当然更有价值了。自身骨适合作为移植骨已有定论了,这从病理方面及骨代谢方面都进行过充分研究。今后的问题仅仅是如何才能得到更多的同种骨而已。"

"这不正说明了从尸体或截下的残肢上获取同种骨的课题也很有意思吗?"

"是有意思,但归根结底它只是所要采取的手段呀。从尸体上取骨的研究,即便在学会上发表,也不过是得到确认而已,并没有更多学术上的意义。"

"可是,我觉得如何将因恶性肿瘤而截下的四肢骨用于骨移植也是挺有趣的课题。"

"一经切除,肿瘤细胞就会死灭,这是明摆着的,算不得什么了不起的研究。"

新谷叼上一支烟,坂井马上伸出打火机。

"反正同种骨的研究是附属的,看看成员就明白了。"

"因为有我们这些人吗?"

"我和你,还有川野,都是从风湿症研究组来的,和骨头没什么关系。这也够副教授为难的。"

"真野副教授了解这些情况吗?"

"他脑子那么好,当然意识到了。"

"可他没说什么呀。"

"他可不是一般人,谁知道会干出什么来。"

新谷故意慢慢地吐出烟。

"这回可有好戏看了。这次分组充分反映出了教授的真心。"

"什么真心啊?"

"教授搞这个研究项目的目标是回归T大。目前他是T大教授的候补人选,这次实验成功的话,回去就十拿九稳了。"

"他那么想回去吗?"

"反正他不想在这儿长待,爱走就走呗。只是他走了之后可就热闹了。"

"如果明年教授回去的话,当然是真野副教授接替他升教授了。"

"这可不好说。说不定是风间呢。"

"怎么会呢?副教授还有您和世本呢。"

"我不行。我根本就没有当教授的野心,这你是知道的呀。"

"可是……"

"先不说我,世本负责康复训练,也不会有这个打算的。"

"可是风间才三十八岁呀。"

"到了明年秋天就四十岁了。四十岁当教授也没什么奇怪的。"

"是吗?"

"这次研究成功的话,作为回报,教授就会推荐风间当教授。看样子真野副教授和教授的关系不是太融洽。"

"教授好像处处让着副教授。"

"那只是表面上,在教授眼里,像真野那样什么都行的人很讨厌。光是做手术,他就比不上副教授。"

"确实,副教授在做高难度手术上无人可比。"

"教授是T大特有的只知道搞研究的书呆子。可见,副教授无论开刀还是写论文都是一流的。"

"风间讲师也很优秀,不过还是副教授更……"

"这不算什么问题。在继任教授的竞争上,副教授和风间可以说是势均力敌。"

"你的意思是说,他们两个人以同种骨和异种骨来竞争吗?"

"说老实话,就这次比赛来看,副教授没有获胜的希望。"

"因为同种骨研究没有新意吗?"

"自然是异种骨研究更富有挑战性。骨头的处理法还需要研究,而排斥反应的研究几乎无人着手,更不用说人体实验的数据了,谁手里也没有。"

"真的要搞人体实验吗?"

"教授亲口说要搞,当然是真的了。"

"太可怕了。"

"是啊。"

"幸亏我被分在了同种骨组。万一分在异种骨组里,协助他们做人体实验,我可受不了。"

"大概教授看出了这一点,才把你分在同种骨组的吧。"

"不会吧……"

两人相视而笑。

"喂,几点了?快五点了吧?"

"五点过十分了。"

"我去拿啤酒来。"

这家医院规定,一过五点,医师就可以喝含酒精的饮料了。坂井从冰箱里拿出啤酒,倒进新谷和自己的玻璃杯里。

"大家还在做手术吧?"

"好像比平时的时间要长啊。"

星期四下午是手术时间,真野副教授和风间讲师都是主刀。

"细想一想风间也不容易啊。从今往后,每天都要被教授驱赶着进行异种骨的研究啊。"

"是他自己愿意的,有什么办法。"

"可是……"

"唉,他和我们比起来是辛苦啊。为咱们这些不受重用者的舒服自在干杯!"

见新谷举起了杯子,坂井和他碰了碰杯。

"可是咱们的活儿是从尸体和截肢里取骨,真不怎么样。"

"反正都不是什么好事。"

"最后得好的只有教授一个人了?"

"那是当然了。他们那种人到地方大学来,驱使我们去研究,用得出的数据写成论文,署上自己的名字,靠着这些论文回T大去。你知道这叫什么吗?"

"叫什么?"

"这叫'一将功成万骨枯'。咱们只是垫脚石,他一定会让自己母校毕业的人当教授的。"

"那么,真野和风间谁都可以了?"

"当然还是副教授更合适。"

新谷讲师以前和真野副教授的关系并不融洽,他还说过很讨厌那种学究气的人,现在又说副教授合适,大概是出于同组之谊,以及不愿被后辈风间超过去的自负心理吧。

"可是,现在开始搞研究,到明年五月,学会之前,研究报告出得来吗?"

"所以说风间不容易呀。异种骨小组几乎得整天泡在研究室里。"

"不过,也有不少人会因此获得学位吧?"

"你有学位吗？"

"还没有。"

"那只有靠杀兔子和狗来获得学位啦。"

"这算什么，也许要做人体实验呢。"

"杀人学位呀。"

两人哈哈大笑时，做完手术的真野副教授走了进来，他脸色通红，就像刚出浴似的。

2

同种骨研究组以真野副教授为中心开会研讨，是在骨移植研究组分组后的第四天。这个组的成员有真野副教授、新谷讲师、坂井助理、川野助理、菊池副手、高松副手共六人。地点是副教授室隔壁的第三研究室。

真野副教授先做了下面的开场白。

"同种骨的移植优于异种骨，这是众所周知的。同种骨移植一直是骨移植的主流，其重要程度，是异种骨研究无论如何也改变不了的。异种骨研究越是深入，越是可以证明同种骨研究的优越性。"

真野副教授肤色白皙，戴着眼镜，口齿清晰而平静地说着。表面上看不出丝毫自负。

对同种骨研究组附属于异种骨研究组的说法，他似乎并没有特别在意。

从他说的"同种骨移植一直是骨移植的主流""异种骨研究越是深入就越能证明同种骨移植优越性"的论断，可以看出他对这次研究的热情。副教授具有学究气质，喜怒不形于色，但是，这次却出人意料地流露出对异种骨研究组的对抗情绪。

"特别是现在,在同种骨的供给日趋紧张之际,从尸体和截肢取骨是最现实而有效的方法。相信不会有整形外科医生对此抱有疑问。"

说到这儿,副教授环顾研究组成员。看来副教授是真心要进行这项研究了。坂井悄悄瞅了一眼旁边的新谷,他也在点头。且不论可行与否,这的确是获得同种骨最现实的方法,对此坂井没有异议。

"虽然大家都知道移植同种骨优于移植异种骨,但如何保存取出的骨头,以及骨移植是否会受到残肢上肿瘤细胞的影响等许多问题,尚待研究。"

副教授翻开放在桌子上的本子。

"先谈谈骨的保存法。迄今为止,其可大致分为药液浸渍法和低温保存法两种,即为了保持骨头的活性而将其浸泡于某种溶液的方法和将其在低温下保存的方法。"

这时新谷做起了笔记,于是,坂井也拿出了笔记本。

"其中的药液浸渍法很古老,可以追溯到1933年奥莱尔发表的研究论文。这是浸泡于碱液或丙酮液来保持骨头活性的方法,但后来研究者发现这种方法易使骨头变脆,不耐用。1951年,雷诺路易滋实验了浸泡于 Marzoning 溶液的方法,结论是效果比低温保存法差得多。"

大家都学着新谷做起笔记来。

"低温保存法有两种,1942年公布的尹克岚的方法和K大的龙村教授的方法。虽说是低温法,但也是将骨头浸泡于药液中冷冻,可以说是药液保存法和低温保存法并用。"

说到这儿,真野副教授站起身,在黑板上写起字来。

"尹克岚的方法是先在加入了磷酸的防止凝血的血液中浸泡骨头,然后将其放置在零摄氏度至五摄氏度的环境中保存。"

"所用的血液是患者自己的血液吗?"新谷问了一句。

"不,不是同一个人的血液。但血型和骨头提供者是同样的,这样有益于保存骨头的活性。"

"你所说的活性,具体来说是指什么呢?"川野问。

对于"活性"这个词,坂井也不太明白,他毕竟是骨研究的新人。

"所谓骨头的活性,简而言之,就是骨细胞是否活着的意思。将骨头切成薄片后,用显微镜进行组织学观察就会明白。保存方法和保存溶液的不同,决定了骨细胞是存活还是死灭。根据奥莱尔的研究,在加入了盐酸的血液中进行低温保存,骨头的活性最长可达63天。但这只是例外,一般来说,将保存一个星期至两个星期的骨头用于移植的例子越来越多。"

真野副教授顿了顿接着说:

"下面是关于K大龙村教授的研究。他将同种骨浸泡在各种溶液里进行观察。溶液包括盐水、葡萄糖水、I·P·K液、肝油,甚至还有保存血——血液、血清、血浆培养液等七种保存血,将它们都置于二摄氏度至四摄氏度的低温下保存。实验结果表明,一般一个月是保存的极限,一超过这个限度,浸泡在食盐水、葡萄糖水、I·P·K液等溶液中的骨头便迅速失去了活性,骨细胞遭到破坏。"

"就是说,血液和血清等接近血液成分的溶液更适于骨头的保存了?"

"是的。但是即使浸泡在血液中,一过十五周,骨细胞就会完全坏死,无法使用。不过,浸泡在血浆,特别是肝磷脂血浆中的骨细胞存活超过了十五周,最长的超过了一百二十天。"

大家发出了"啊"的感叹声。在座的都是些对骨头不太关心的人,而在听副教授介绍的过程中渐渐对骨头产生了兴趣。

"低温保存法也有着悠久的历史。经验告诉人们,保存活物最好置于低温中。所以,很早以前人们就开始了实验。以低温保存法的名义最早进行的实验是1947年发表的布什的方法。他在研究报告中指出,将同种骨保存在零下二十四摄氏度的低温里,骨细胞存活了八十四天,最后他将其移植到了人体中。实验结果显示,保存一个月以内的骨头和自身骨没有太大的区别。"

"无论怎样低温保存,同种骨和自身骨能够完全一样吗?"新谷提出了疑问。

"原则上没什么不一样的,但是,由于低温的缘故,有机成分起了变化,形成了排斥反应的抗原。因移植的母床状态不同,临床数据也有相应变动,这些都要考虑进去。"

副教授的回答非常简洁。

"自从这个研究报告发表以来,许多研究者提倡低温保存,冯·拉克曼提出了骨库即骨银行的提案。随着移植骨重要性的增长,欧美各国陆续建立了骨银行,只要提出申请,就能够立刻得到骨头。"

"是以国家或者市町村为单位的吗?"

"不,还没有发展到那样的程度。骨头大多是保存在专科医院的冷冻保存室里,由专人管理。骨头和血液不同,不能从一般人身上采集,使用也只限于整形外科,所以在医院内小规模保存就够了。"

"在我国,存在拥有骨库的医院吗?"

"很遗憾,还没有像欧美那样完备的骨库,但是每个整形外科的科室都有低温保存库,保存骨头的医院正在各地陆续出现。"

真野副教授坐回椅子上。

"以上概要地介绍了药液浸渍法和低温保存法的有关文献,在此首先遇到的问题,是这两种保存法哪种更好。"

大家同时点头。这的确是令人感兴趣的地方。

"要说药液浸渍法最早是从将同种骨浸渍于溶液会使骨头的特异性,即使引起排斥反应的蛋白成分消灭或减弱这一想法出发的。可以说,如果忽略了这一点,就会引起或大或小的排斥反应,导致骨移植治疗效果降低。事实上,主张必须浸渍于药液的学者认为,低温保存法将骨头干燥地保存是没有意义的,所以反对低温保存法。"

"可是像刚才布什的方法那样,不是也有仅仅靠低温保存法而成功的例子吗?"

"的确如此,'仅仅靠冷冻不行'的断言太早了。事实上,骨皮质中,没有造成排斥反应的抗原成分,这在波伊尔等人的研究中已经得到了证实。另外,研究者们的低温保存法的追踪实验结果表明,正如布什所说,什么溶液也不用泡,只靠低温保存的骨头,术后也没有特别的排斥反应,临床效果不错。"

"我对一个词有点疑问,是否必须说成'低温'呢?还是应该说成'冷冻'呢?"

"从广义上说是'低温',但实际上说'冷冻'更准确。因为其温度几乎都在零摄氏度以下。"

"冷冻保存法,不是比药液浸泡法要简单易行吗?"

"冷冻保存确实更简单。我们科室保存肋骨所使用的就是冷冻保存法。"

"冷冻保存法的成功率大约是多少呢?"

"尹克岚认为,保存同种骨是75%,自身骨是70.2%,同种骨和自身骨都没有太大的变化。此外,康帕斯等人在零下五摄氏度保存了三十六例骨样,全部成功。在1950年发表的维尔松、哈巴特、西卡特莫利等人的临床报告中也显示了同样的结果。"

"这么说来,造成同种骨排斥反应的抗原成分,在冷冻保存中几乎都被分解了?"

"或者被分解,或者同种骨里所含的抗原比预想中少。总之,在目前的情况下,对同种骨来说,根据其临床数据和特点,冷冻保存法比药液浸渍法要优越得多。"

真野副教授换了一口气,又扫视了大家一遍,说道:

"因此,本教室即将开始的研究,首先由川野君和高松君负责从遗体取骨的工作。为此要和病理科与解剖科进行交涉。可能的话,要尽量采集长管骨和扁平骨,用药液或冷冻等保存法进行保存实验,研究出最好的方法。"

川野和高松点了点头。

"新谷君、坂井君和菊池君三人负责从截肢取骨。从咱们科的截肢中采集就可以了,比较简单。还有,从地下室浸泡在福尔马林里的残肢中,选取比较新鲜的骨头,研究骨头上遗留的细胞活性和肿瘤细胞动向。"

新谷默默地点了下头。

"这里最重要的,当然是肿瘤细胞的动向。截肢后这些肿瘤细胞会怎么样?是否会分布到健康的残肢的末端部位呢?假如是这样,截肢后残肢上的肿瘤细胞会存活多长时间?是否会死灭?经过冷冻保存,它们会在零下多少摄氏度的环境中死灭?这些问题都要研究。"

"对骨头的组织学上的观察,我没什么自信。"川野助理说。

"我会教给你的。所有骨头的标本最后都要由我过目。"

"从尸体取骨这件事,是否可以请您跟解剖科和病理科那边打个招呼呢?"

"我当然会的。"

"截下的残肢要从哪一年查起呢?"

"尽量从近期的查起。光是今年,就有六条残肢吧?"

真野副教授再次环顾大家,他的眼镜反射着白光。

3

同种骨研究组碰头会后第二天,大家便投入了研究工作。

首先,新谷和坂井开始了从截肢取骨的工作,川野和高松去病理科,就从尸体取骨一事进行交涉。

临床实验不能像基础研究实验那样整天埋头于研究,医师们只能抓紧门诊、手术等临床诊疗的间隙来做。新谷和坂井又要看门诊,又有要负责的住院病人。

在东都大学整形外科,医师们早上八点,最晚九点以前要来上班,换上白大褂。星期一九点开始总巡诊,医师们要在八点半以前到达医院,了解患者的状态。星期五八点有全体人员出席的病症研讨会。此外,星期三上午是手术时间,参加手术的人,八点要到医院,进行消毒和洗手等准备工作。

没有这些特别日程的时候，医师们九点之前也要到医院，去病房巡诊。

每个医师负责的住院病人数量因人而异，一般是四至五人，多的时候近十人。讲师和高级助理作为各组负责人，需要帮助解决组里患者的疑难问题，做出指示。病房巡诊时间是九点到十点，然后是简单的检查和碰头，十点以后去门诊。

大学医院和大医院的医师都是十点以后出诊，看起来挺悠闲，其实不然。医师们先要去病房巡诊，查看病人的状况且做出用药指示。

十点到十二点，对门诊病人进行诊断。这也要根据临床经验，或是给新患者诊断，或是协助教授和副教授诊断，或是做预诊等工作。

一般来说，诊断新的患者，处方必须由老医师开出。在诊断之前，要进行预诊，在教授和副教授身边记录病症的多是新来的医师。

门诊结束后，医师们在医院吃午饭，聊聊天，午休的一个小时很快就过去了。

整形外科原则上是星期三上午和星期二、星期四、星期五等三天的下午为手术时间。

最近在大医院都实行中央手术室制度，有手术室专属的护士，从协助医师手术到手术器具的消毒和准备，一切都由中央手术室的成员进行。

就是说，在病房和门诊工作的护士不参加手术。

中央手术室里还配有麻醉师，哪个手术由哪位医师负责麻醉都事先决定好了。参加手术的护士也在头一天定下来了。中央手术室制度意在确定手术班子和设备,这样,各部门就不能随便取消手术或临时更换手术了。否则,事先配备好的人员和设备就被打乱了。

当然遇到紧急手术时另当别论。这时就要临时请手术室的班子来做手术。总之,一周内有三天的下午被占用了,除了星期六,还有两天是临床检查和X光透视等检查的检查日。

剩余的时间,医师还要整理住院患者的病历、写手术记录、与患者家属谈话。遇到自己不明白的问题,要请教前辈,或查阅资料。

就这样,一般的医师从上午九点到下午五点之间几乎没有休息时间。

新谷和坂井进行从截肢取骨的工作也是在临床工作结束后的晚上七点开始的。

这一天,两个人的手术都是五点结束的。在手术室的浴室洗过澡,去食堂吃了晚饭,两人从三楼的办公室进入地下研究室,准备开始工作。

截肢都保存在地下的第四研究室门口的大缸里。大缸直径一米左右,里面有防止腐烂的福尔马林。这缸里到底装着多少残肢,还没有人清点过。

靠里面还有一个缸,那里面装的是195×年以前的残肢,而这个大缸里的都是那年以后的残肢了。

以前,凡是遇到严重的骨折和骨髓炎等问题都要截肢,而现在,除了恶性肿瘤以外,不随便截肢了。截肢手术平均一年有五六次,缸里面大约有最近六年的三十多条残肢。

"刚吃完饭就干这个,真不是好活儿啊。"坂井跟在新谷后面嘟哝道。

"没办法,这也是为了医学进步嘛。"

"说实话,我还从来没有看过这里面啥样呢。"

"你没参加过截肢手术吗?"

"参加过两次,可都不是主刀。把残肢放进缸里是主刀医师的工作。"

"这不正是个机会吗?让你看个够。"

"谁说我想看啊!"

别看坂井个子挺大,胆量却很小。

第四研究室里堆积着好多骨研究组使用的器具和旧病历,快成仓库了。电灯也是老式灯泡,墙壁和顶棚都被熏黑了。

"哟,咱们的白大褂会弄脏的。"

"没关系,反正明天要送去洗的。"

"谁把这些放在这儿的?"

在大缸前面,放着好几个冰箱。

"以前大概就用这个冷冻骨头吧。"

"不用了就应该扔掉。"新谷不满地说着,搬开了冰箱。

"这是什么呀?"

"镇石。"

大缸上面盖着木盖,盖子上放着一个巨大的石头。

"没有它,盖子会被顶开的。"

"被什么顶开呀?"

"残肢浮上来会把盖子顶开的。你把石头搬开。"

坂井提心吊胆地搬起了盖子上的石头。

"一个一个地取出来,放在这上面吧。"

新谷站在大缸前面,摊开手里的手术用白布单,它有半铺席大小。

"喂,快点儿掀开呀。"

"我来掀吗?"

"你不是同种骨研究组的吗?"

"是啊……"

"没什么可怕的,都是些没生命的残肢。"

坂井只好慢慢地挪开盖子。刚一掀开,就"哎哟"叫了一声,扭开了脸。

"还在动呢。"

"是漂浮起来了。人体的密度较小,在中学学过吧?"

做好了充分的精神准备,坂井"嘿"地一使劲儿,将盖子搬了起来。瞬间,福尔马林的刺鼻气味弥漫开来。有五根手指突然浮了上来。也许是因为浸泡太久,灯光下,它看上去有些浮肿。

"真够难闻的。"

新谷捏着鼻子,定睛看了一会儿,回头对坂井说:

"你愣着干什么?这些手脚上都挂着牌儿,上面有姓名、病名和截肢日期,根据那个找新一些的。"

"可是……"

"怕什么,又不会变成妖怪。"说着,新谷自己伸手抓住了一个残肢。

"被塞在这么小的容器里,一定很难受吧。"

大致一看,足有近二十个手脚在缸里晃动。

它们挤在一起,互相缠绕着,有的弯曲着膝盖,有的创面朝上漂浮着。

"你瞧,名牌上都写着呢。"

新谷看着浮上来的一条腿的脚脖子上的名牌说。

"195×年6月,这个旧了点儿。"

将名牌放回去,那条腿又沉入了福尔马林中。

"先找出最近一年的。"

坂井点点头,小心翼翼地把手伸进缸里,猛然触到了一条浮上来的沾着黏糊糊福尔马林的腿。他颤抖着用指尖揪住它,仿佛触到了松软的面饼。

"有点儿黑,我去拿一下手电筒。"

"等一下。"

"怎么了?"

"我一个人害怕。"

"外科医师还害怕,真拿你没办法。那你去拿好了。"

坂井点点头,从缸里抽回了手。

只有这个地下的第四研究室是孤零零的,和三楼的整形外科研究室是分开的。它实际上是个仓库,周围是太平间和解剖室,还有保存病历和X光片的地方,只要不解剖,没有人来。天花板上布满管道,到处吊着灯泡,显得空荡荡的。

晚上一个人待在这样的地方很可怕。何况这里还有残肢,就更让人受不了了。坂井逃跑似的跑上楼梯,去护士值班室借了手电筒后返回地下室,只见在水泥地上铺着的布单上已经摆着两条腿了。

一条是从膝盖以下截肢的,另一条是从膝盖以上截肢的。

从膝盖以上截下的腿时间好像还不长,创面露出血管和神经,带着黑血。

"这是相崎康子的,你记得她吧? 315号那个美人。"

"哦,就是前不久死的那个女人吧。"

相崎康子因右大腿肿瘤而截肢,可是由于延误了治疗,两个月前因肿瘤细胞转移到了肺部而死亡。

"人长得漂亮,腿也修长好看。"

新谷重新审视起这条腿来。长肿瘤的膝盖上部红肿着,假如没有这个肿瘤,将膝部稍稍弯曲,竖起脚尖来,仿佛立刻就会活动起来似的。

"太可惜了,这么年轻就死了。"新谷说着,继续在缸里扒拉着。

"这个可以。"

不一会儿,他又取出了一条今年春天从大腿处截下的腿。

"好了,有三条足够了,把它们包起来。"

坂井用布单把三条腿包了起来。

"剩下的还让它们在里面休息吧。"

新谷对缸里的残肢自言自语着,盖上了盖子,又在上面压了石头。

"咱们走吧。"

"去研究室吗?"

"你不愿意在隔壁的解剖室做吧?当然在手术室做比较方便,但是如果护士们看见咱们切开残肢的话,可就麻烦了。"

坂井点了点头,双手抱起了残肢。

"够沉的吧?半路上可别掉到地上啊。"

坂井觉得怀里这三条残肢沉甸甸的。

4

整形外科的研究室在医院三层的东楼。那里只有办公室和研究室,患者谢绝入内。

新谷和坂井把包在布单里的三条腿抱进了走廊尽头的第二研究室。

"放在哪儿啊?"

"把水池收拾一下,就放在那里面吧。"

研究室正中央有个实验台,边上有个水池。

实验台上摆着各式各样的试管、玻璃器皿和实验药液,水池里泡着用过的玻璃器皿。台中央贴着"整理"字样的纸条,已经很旧了。

"谁干的?也不收拾就走了,真不像话。"新谷不满地嘟囔着,把实验台上的器皿推到一边。

坂井把残肢放到台上,将水池里的器皿收进铁丝篓里。

第二研究室主要是给肌肉·风湿症组使用的,所以检测血液和肌肉成分的设备一应俱全。实验台中央的架子上,摆放着各种实验用药,后面的墙壁上,挂着远心分离器、恒温槽和干燥器等器械。

"在这种地方能干这个吗?"

"可是,也不能在别的地方干啊。"

医院的研究室一直是禁止做动物实验的。把狗或兔子带进医院里来会被人看见,叫声也会被听见。动物粪便和动物毛乱飞,会弄脏研究室。按规定,动物实验要在配备动物舍的实验室里进行。

但是,医师经常悄悄把动物带进研究室。他们嫌每次实验时都要去医院外面的动物舍太麻烦,而且手术后还要经常观察动物的情况变化或者注射,很不方便。因此,深夜常常从研究室里传出狗吠声,就是这个缘故。

连动物实验都是禁止的,将人腿带进来更成问题了。要是被巡逻的警卫发现了,可不得了。

"它们又不会叫唤,偷偷地干就行。"

腿的确不会叫唤。

"可是,闻不到气味吗?"

"福尔马林的气味有什么关系。在这儿搁一晚上不会腐烂的。"

要是没有其他合适的地方,也只能在研究室里偷偷地干了。

"反正这是教授的命令,我们犯不着瞎操心。"

半铺席大的水池是水泥的,中央有个水龙头,正对着下面的排水口。

"先把那个美人的腿拿上来吧。"

坂井慢慢地打开了布单。三条腿都脚尖朝下优雅地排列着。他双手拿起最左边的一条修长的腿放进了水池。

"手术器械用解剖动物的可以吗?"

"可以。"

新谷穿上白大褂,戴上胶皮手套。腿的长度刚好能放进水池,膝盖还得稍稍弯曲。

"这腿真美啊。"

新谷出神地看了一会儿,才接过了坂井递给他的手术刀。

"从接近肿瘤的膝盖以上的部分、胫骨、踵骨这三个地方取骨吧。"

"把胫骨都取出来吗?"

"不是取了马上用于移植,所以只取一小部分就可以了。只是为了检测一下骨细胞存留了多少,以及有没有肿瘤细胞。"

"那么取下的骨头就作为标本了?"

"是啊。你帮我按着腿。"

坂井也穿上了白大褂。

"按住膝盖以上和小腿。"

"是这儿吗?"

自己的左手刚好按在肿瘤上方,坂井心里很不舒服。

"没事的,直接抓住皮肤,瘤子不会动地方的。"

"我知道……"

坂井背过脸去,按住腿。

"好,我动刀了。"

新谷再次确认了位置,在膝盖上开了刀。动物用的手术器械和人体用的差不多。做动物实验时,也会使用手术刀和镊子等小器械,外科手术也可以用。

动物实验使用的是一些人体手术用过的比较旧的器械。旧器械并不见得不锋利,和人体用的器械比较起来,只是擦得不太亮,没有其他不同。新谷用它切开皮肤和肌肉,一直切到骨头上。由于是两个月前截下的残肢,所以没有出血。不过粗血管成了黑紫色,一切开,出现了黑色的创面。

"你用钩子抻开一些。"

由于疮口很深,要用钩子弄开肌肉。原本纤细的腿,没什么皮下脂肪,一钩开就露出了骨头。

"要不要骨锯?"

"如果连内侧骨也取出来的话,腿就成软的了。"

"软的也无所谓,就是有点可怜。"

"就是……"

"那就光取上面一段吧。"

难得这么美的腿,关节以外的部分都弯曲着,让人有些扫兴。新谷苦笑着拿起了凿子。

他将凿子对准露出骨头的一端,用锤子敲起来。将圆柱形的骨头上半截凿开了一个口,然后分别在左右两边凿开口,最后猛地一击,长约五寸的半圆形骨头被敲了下来。

"膝盖骨有这些就够了吧?"新谷说完,自己点了点头,把骨片拿到水龙头下冲洗。

"还是有点脆。"

"可是才 23 岁呀。"

"你记得真清楚啊。"

"名牌上写着呢。"坂井看着脚脖子上拴着的名牌说道。

"现在该小腿了。"

新谷把骨片放在实验台的右端,再次将凿子对准了小腿的中部。小腿部分皮肤下面就是骨头,很容易取骨。

骨头露出后,新谷又将凿子对准了它。当当的敲骨声,回响在夜晚的研究室。

坂井突然想起什么,笑着说:

"咱们俩就像野狗似的。"

"围着死人腿在啃呢。"

新谷也苦笑起来。

从三条腿上取骨的工作完成后,已经十点多了。

"行了,这就差不多了。"

取出最后一块骨头后,新谷长出了一口气。实验台上摆了一排从腿里取出的骨片。

"创口怎么处理?"

"这个嘛……"

新谷想了想,拿起缝合器将创口缝合起来。

如果骨细胞活性好的话,就会再次取骨的;如果活性不好,只能放回大缸里去了。虽说不会被人看到,但缝合创口是对死者的礼貌。虽然针脚稍大,但大致缝合后,腿又恢复了原样。从外表上看不出取过骨了。

"现在可以送回去了。"

"还放回缸里吗?"

"总不能这么放在研究室里吧。"

"你跟我一起去吧。"

"真拿你没办法。"

"对不起。"

坂井终于放了心,把水池里的腿挪到了地上。

在他包腿的时候,传来了脚步声,同研究室的川野走了进来。

"干活呢?"

川野朝新谷轻轻点了点头,看见了实验台上摆着的骨头。

"刚才你在哪儿?"

"一直在副教授的办公室。"川野指了指右边。

第二研究室右边第三间是副教授办公室。

"从尸体取骨的交涉顺利吗?"

"挺困难的。"

"病理科那边不通融吗?"

新谷摘掉手术手套,点了支烟。

"不完全是。那边的意思是,想要的话也可以取,但是经常这样就不好办了。"

"就是说,偶尔一两次作为特例问题不大了?"

"他们说,即便作为病理解剖,从尸体取骨也是非法的。"

"那倒是。"

新谷给川野和坂井各递了一支烟。二人说了"谢谢"接过烟,抽起来。

"那么副教授怎么说?"

"他生气地说,病理科那帮家伙真不给面子。"

"不过,副教授也有点强人所难啊。"

"副教授立刻找出《六法全书》查阅,上面确实写着损坏他人身体处以三年以下徒刑。"

"那我们已经有一次前科了。"新谷瞧着坂井笑着说。

"可是,解剖被截下的腿应该可以吧?"

"不管被截下与否,尸体还是尸体呀。"

"也是。"

坂井垂头丧气地看着刚刚取出的骨头。

"虽然没人会去告发咱们,但法律上是这么写的。"

"那么,咱们以后怎么办?"

"副教授的意思是,大致定为一个月一具,光从这具尸体上取骨。当然取骨的数量可能会多一些,希望就把这具尸体作为特例。"

"病理科那边同意吗?"

"病理科表示,即便是用于解剖的尸体,也属于死者本人,属于其家属。所以,要取骨,就要得到家属的同意。"

"说的也是。"

"他们说,如果一定要取骨的话,请直接和家属谈吧。"

"你去和家属谈吗?"

"是啊。"

"人家不会痛快地同意吧?"

"连病理解剖都不愿意,何况被取走骨头呢!我想一般人都会拒绝的。"

"真难啊。"

新谷像黑社会的人那样粗鲁地捏着烟卷,吐了口烟。

"不过副教授没有气馁,还说:'咱们建立一个死后捐献骨头的骨银行,现在开始征集捐献者。'"

"有道理……"

"副教授说,事先说好捐献一条腿或一条胳臂,死后取骨。不过是身体的一部分,再附加上取骨后缝合好的条件,就会有很多人赞同了。"

"副教授真费了不少脑筋。"

"现在,副教授正和高松一起商量,要建立这种机构应该去哪里申请等程序呢。"

"真上心啊。"

"是啊,他还跟我建议,要是成立了这个机构,你也得当会员。"

"那你不快点儿死,还麻烦了呢。"

"你这不是咒我吗!"

三个人同时笑起来。

"你打算捐献哪部分呢？头还是脊梁骨？"

"副教授说,要让全整形外科的人都加入。"

"那么,教授是第一号喽。可是,说不定像教授那样的骨头即使移植了,排斥反应也厉害得不能用呢。"

新谷这么一说,三个人又笑起来。

5

新谷和坂井取出的骨头排列在实验台上。

A 相崎康子,女,23 岁,右大腿部骨瘤,196× 年 3 月 20 日截肢。

B 高松孝义,男,35 岁,右下腿骨瘤,196× 年 2 月 18 日截肢。

C 宫鸠勋,男,42 岁,左膝上部巨细胞瘤,196× 年 12 月 7 日截肢。

骨头的新鲜程度按 ABC 顺序。换句话说,A 是截肢时间最近的。即 A 截肢才两个月,B 三个月,C 约半年。截肢后在福尔马林中浸泡了这么长时间的骨头能否用于移植,是这次实验要解决的首要课题。

从骨头的年龄来看,也是 ABC 的顺序。

一般认为,用于移植的骨头越年轻越好,但哪个年龄段最适宜保存,还有待研究。

这次实验引人注目的问题是,肿瘤细胞到底能存活多久,残肢从活体分离后,经过几个月肿瘤细胞才会死灭。

即便肿瘤细胞死灭了,也有必要确认,究竟其扩散到了什么部位。

一般来说,癌的转移主要是通过淋巴管,肿瘤的转移是通过血管的,而且都是从周边向中枢扩散。由此推理,越靠近残肢末梢的骨头越安全,至少要比上部的骨头安全得多。

然而这仅仅是推理,究竟是不是这样尚不清楚。这一点也是需要在这次实验中确认的。

说到骨头的实验方法,首先要把骨头的各部分制成组织标本,用显微镜检测。通过显微镜可以确认骨细胞的状态,肿瘤细胞的有无,以及骨活性的存在与否。

骨头组织标本的镜检,新谷做过几次,真野副教授非常熟悉。不过,前期阶段的骨标本的制作意外地困难。

肌肉或血液等柔软的流动性的东西,切成薄片,贴到显微镜片上就可以了。而骨头很硬,很难切那么薄。一般的显微镜下必须是七微米(一微米是千分之一毫米)以下的薄度,否则无法检测。

因此要使骨头变软,就必须先脱去骨头的钙质,即进行所谓脱钙操作。一般采用的是电脱钙法,就是把标本骨浸入含5%盐酸的溶液里,再通电脱钙。用这个方法,大约一天就可除去骨中的钙质。

将这样脱钙后的骨头埋进蜡里,即所谓包埋,使之成为方形的固体,然后切成七微米的薄片。这样切出的七微米以下的薄片,放入和体温同样温度的液体里,使之浮于液体上,然后将涂有蛋白甘油的显微镜镜片沉入此液体中,将骨头薄片托于镜片中心,将其捞出。薄片为七微米以下,比纸还要薄,所以,要用镊子小心地将其展开,使之干燥。

这样骨标本便固定在镜片上了。

下一步用苏木紫溶液给标本染色,骨细胞略带朱红色,脱钙后去掉了钙质的部分,变成白色。

从截肢取骨的翌日起,新谷和坂井开始了一连串的工作。

川野和他们是同一个研究室的,有空也来帮忙。他们本来都是风湿症研究组的,所以对制作骨标本不太熟悉。

只有新谷还多少接触过,坂井和川野就一边跟他学,一边制作。

这是很费神的工作,但是既然是整形外科医生,就应该学会制作骨标本。在这个意义上,对坂井和川野来说,这也是个学习机会。

"阿新,我可以问个问题吗?"坂井一边将脱了钙的骨头埋进蜡里一边问。

在医院里,医师之间都互相称呼"××先生",对前辈有时还要称呼其职称。

坂井这样称呼新谷算是例外,因为两人一起工作的年头长了,关系比较亲密。

"有什么问题就快点儿问。"

新谷磨着切刀的刀刃。

"这个研究最后能不能写成论文?"

"论文……既然在学会发表,当然要写成书面的东西了。"

"我不是说这个,是说我的学位论文。"坂井说着,不好意思地挠了挠头。

"哦,对了,你还没有拿到学位呢。"

坂井进这个医院,到今年已经六年了。他作为临床整形外科医师,除了特别有难度的手术外,一般的手术都能做,算得上是骨干医师了。遗憾的是他还没有学位,还没有医学博士这个头衔。

近来,很多人认为临床不需要什么学位,从一开始就不去考学位的医师渐渐多起来。实际上,医学博士也的确和临床的技术没有太大关系。即便都是以兔子和狗为对象的基础实验的结果,也可以写成论文,但不能马上在治疗上起作用。有的人就不愿意为了这样的学位,对教授低三下四,做些和临床没有关系的工作。

尽管如此,学位不是什么碍事的东西。虽然有权威主义之嫌,但学位这东西还是有胜于无。况且,写成一篇学位论文,即通过一个实验写出论文,由此体验了学究式的研究方式,掌握了做学问的方法。

从这一点来说,并不是没有意义的。作为临床医师,每天接触患者,对金钱很在意的人,还能不忘做学问的初衷,可见年轻时埋头于基础学习不是完全没有意义的。

在东都大学整形外科,一般的医师要在八年左右的时间里完成学位论文。因选题的难易度、本人的才能、导师的优劣等因素多少有些差异,但大体上都是这么长的时间,教授也会相应加以考虑的。

从年龄来说,二十四五岁进医院成为医师,之后的四五年都泡在大学附属医院里积累临床经验、搞研究,三十岁前后获得学位,再过两三年便去地方医院。

当然,研究生毕业的医师要快一些。顺利的话,五年左右会取得学位,也有超出一两年的情况。有一些人毕业后先去了地方医院,中途又回到大学来,这样就要熬到三十多岁和四十出头之后了。

无论怎样,临床医师在三十岁前后取得学位,从年龄和体力来说都是最理想的。

坂井大学一毕业就进了整形外科,今年已是第六年,他已经三十二岁了。

如果从高中直升大学医学部,当了医师的话,毕业时是二十四岁,第六年的话,就是三十岁,中间有两年没考上大学。虽然是坂井个人的情况,但也的确到了该考虑学位的年龄了。

"风湿症研究也没出成果,其实我也没有什么别的意思……"坂井小声说道。

风湿症研究指新谷负责的研究工作。研究的出发点,是患者患上风湿症后,关节周围的肌肉萎缩而发生病变,此时,肌肉中是否存在引起病变的物质。

为此,他们取出患者的一部分血液和肌肉,进行了各种检测和动物实验。

这个研究的一部分也是坂井的学位论文选题,所以坂井非常投入,可是最终因为没有发现什么有价值的结论而中断了。

研究的成果虽说和导师的好坏关系不是很大,但现在看来,对研究课题的估计过于乐观是不可否认的。在预备实验中,他觉得很有希望,便轻易地投入进去,才导致最终的失败。

由于这个缘故,坂井的论文选题还没有着落。可能的话,将这次的同种骨实验作为他的学位论文,就再幸运不过了。

"这次的实验又不是给谁打工,是咱们的工作呀。"

"这我知道,可是……"

论文的题目都是由教授选定的。教授一发话"你就研究这个题目吧"便开始研究。目前,虽说实验不顺利,也不能自己随便更改课题,必须经过教授同意。

"这次并没有具体规定某个项目是某某的课题。"

"再过段时间,可能会具体到每个人的课题,但现在教授好像没这个打算。"

"假如通过这个研究写出了论文,不当成学位论文不是太可惜了吗?"

对坂井来说,若是能把这篇论文作为自己的学位论文,自己就有干劲儿了。

"还没有学位的,就剩你和影山了吧?"

"川野也没有。"

"是吗? 他也是风湿症组的。"

如此一来,作为的研究组负责人的新谷感到了肩上的责任。

"我们这次的研究能不能算学位论文呢?"

"我看不行。"

"关于截肢骨的移植利用法不具有学术价值。说成有关截肢末梢的肿瘤细胞的动向,也许还差不多。"

新谷当然也希望一直跟随自己的部下能尽快取得学位。

"我去跟教授说说看。"

"这样合适吗?"

"谁知道。说不定教授想要把这次实验全都写进论文里去呢。在学会发表的论文肯定也是以教授的名字打头的。"

如果是可知教授为了回 T 大而搞的研究的话,在论文前面署上教授的名字就在所难免。

无论是谁进行的研究,既然是教授带领的研究人员的工作,在论文前面署上教授的名字也没有什么可抱怨的。以教授的名义发表论文,是学术界的惯例。

然而,学位论文则要求本人的名字必须在前面,研究者必须是本人才行。

"你再等一段时间,我会想着你的事的。"

"拜托了。"

坂井对自己说,如果行动不慎引起教授的反感,能写成的论文也写不成了。现在只有先按照上面的吩咐做好同种骨的研究工作。

6

同种骨研究组开始新的工作时,异种骨研究组以风间讲师为中心,也逐步开始了新的研究。

异种骨研究的第一步是收集狗和牛的骨头。

假设今后能够将异种骨移植应用于人体,其供给源就必须是能够确保提供所需数量的骨头的动物。这一点,狗和牛是最合适的。特别是牛,很容易繁殖,使用宰杀的肉食牛的骨头就可以了,几乎不需要什么费用。而且,一头牛身上可以取很多骨头,牛是最理想的动物。

与牛相比,狗多为宠物,骨量也少,作为供给源不太适合。而且,狗的种类过多也是不利的。但是在实验阶段,狗是容易利用的动物。为了找到骨处理的基本方法,只要用这两种动物骨头研究就够了。

此外还有人提议用马骨或山羊骨,马现在主要用于赛马,不易弄到;山羊数量少,骨头又小。作为稳定的供给源,还是牛骨最好。

异种骨研究组的小田和大村立刻去了荒川的屠宰场,找来了牛骨,有前肢的长管骨、骨盆和肩部的扁平骨。

"我们想找一些用于骨移植研究材料的骨头。"

听小田这么一说,屠宰场的职员惊讶地问:

"这东西能当人骨用吗?你们加油干吧!"说罢,很痛快地给了他们一些骨头。

至于狗,动物舍里有好几只,有的是打狗队逮来的流浪狗,过了期限主人也没来认领,就被送到大学来。虽说是条狗,单单为了取骨就杀掉太可惜,所以他们选择大一些的狗,从后肢和骨盆取了一部分骨头。

这些足够目前实验用的了。

研究用的骨头找齐后,怎么进行处理呢?这就要看风间讲师的本事了。理论上要除去骨头里含有的异物,即与人体不相溶的异种蛋白,高温长时间煮沸是最简单有效的去除方法。这样重复多遍的话,骨头就像被漂白了似的变白,异种蛋白便被消灭了。

这样一来,就不会出现移植时最容易发生的异物反应了。

然而,由于高温,骨细胞基本上死灭了。骨中原有的活细胞变成了构成骨骼最基本的骨结晶,这样虽然对人体无害了,但也不能说有用。即便移植了,也如同埋进了玻璃块一样,不会起到愈合骨头的作用。

要防止排斥反应就会失去骨活性,要保持骨活性就会产生排斥反应。

如何才能仅仅除去排斥反应,而保存骨活性呢?这就是异种骨研究组的主要课题。

风间讲师指示的骨头处理法是这样的。

首先将所有的资料骨上附着的肌肉、韧带等软组织部分彻底清除掉,然后反复用水清洗,将血液成分洗掉。这样成为纯粹的骨头之后,还要进行三种处理。

一、将资料骨浸入含3%苛性碱的甘醇液中,加热到100摄氏度煮两个小时。

二、用同样的甘醇液加热到100摄氏度煮五个小时。

三、用同样的甘醇液加热到200摄氏度煮五个小时。

将牛、狗的长管骨和扁平骨分别用这三种方法进行处理,将处理前和处理后的骨头制成标本,再用显微镜观察骨组织的变化。

再将处理后的各种骨头浸入液体,观察液体中有无抗原反应及其反应程度。

实验大致是以上这样的程序。写起来容易,做起来却是很复杂的。

光是资料骨就分为牛骨、狗骨的长管骨和扁平骨四种。再分别进行三种处理,就成了十二种。

还要将处理前和处理后的骨头分别制成标本,进一步通过各自的沉降反应观察抗原反应。

"真是个复杂的实验啊。"实验预备说明会结束后,影山助理叹了口气。

不光是他,其他人也有些无精打采。

"还不止这些呢。风间讲师说这只是实验的第一步。"比影山早一期的小田助理不满地说。

"这么说,还有第二步第三步实验吗?"

"这次只是用甘醇液的处理实验。也许还要做酒精和丙酮液的处理法实验呢。"

"别吓唬我了。"

"风间可是个要干就干到底的人。如果甘醇液的效果不理想,就会马上换其他方法。"

"必须在年内有个眉目,是真的吗?"

"不然就进入不了人体实验阶段了。"

"真的要搞人体实验吗?"

"当然了。实验的效果再好,不在临床上应用也没有意义啊。"

"这么说,结论是打算在明年五月的学会上发表了?"

"人体实验来不及的话,至少骨头处理结果会作为第一篇报告提交的。"

"这么说,直到明年春天,我们都要一直和牛骨狗骨泡在一起了?救救我吧!"

影山从冰箱里拿出啤酒,起了塞子。已经过九点了,研究室里只剩下异种骨研究组的成员了。

影山给大家的杯子里倒上酒,轻轻拿起杯子。

"干杯。"

"为了什么干杯呀?"

"我也不知道,反正干杯呗。"

"这儿有一只兔子,你们想吃吗?"金田喝了口啤酒说。

"动物舍里养的,今天早上死了。"

"不是吃什么药死的吧?"

"就是骨折后做了肌肉萎缩实验的那只,两三天前就蔫了。"

金田从实验台下面拎出了那只死兔子。

"你的手可够快的。我肚子还真饿了,煮它一锅兔肉汤喝吧。你来剥皮。"

金田把兔子拿到实验台上,用手术刀剥起皮来。

影山去办公室取来铁锅和大碗,又从冰箱里拿出了洋白菜、土豆和葱头。实验时间太晚时,医师们常常做饭吃,所以餐具一应俱全。影山挽起白大褂的袖子,开始削土豆皮。小田问:

"你给狗喂食了吗?"

"还没有。"

今天傍晚,一条狗被取了后肢和骨盆的骨头,现在已经放回动物舍了。手术时给它打了麻醉针,这会儿它该醒了,肚子也该饿了。

"今天晚上伤口可能疼得吃不了东西。"

"狗挺皮实的。疼归疼,到了半夜就该饿了。我给它拿点牛奶去吧。"

做实验时看起来很粗暴的医生,对实验动物还是很关心的。这也是研究者应具备的。

"医院门口的商店还没关门吧?"

"我去看看。"

影山穿着白大褂,拖着凉鞋,出了研究室。

在医院斜对面有个杂货店,已经关门了。影山又走了二百米,在果品店买了三瓶牛奶,拿着牛奶跟门卫要了钥匙,去了医院后院的动物舍。一打开门,一股动物的饵食和粪便混合在一起的熏人气味就扑鼻而来。

影山按了门边的开关,打开了灯。日光灯闪了一下,照亮了整个房间。兔子们从叠了五层的铁栅栏里一齐伸出了头。

影山环顾一圈后,穿过兔笼,朝里面走去。有的兔子以为要喂食,哧溜着鼻子;也有的兔子根本不理睬他;还有的竖着两只耳朵,充满猜疑地冷冷瞧着他。

兔笼的前面是狗舍。又打开一扇铁门时,狗一齐吠起来。

狗舍的水泥地面上有一条排水沟,每条狗都被铁链子拴在后墙上。今天做过手术的黑褐色狗单独关在最里面的笼子里。大概因为手术后的疼痛,它趴在地上一个劲儿地喘着粗气。

"嗨,奔儿奔儿。"

没有名字的狗都叫奔儿奔儿。影山把拿来的牛奶倒进铝盆里，塞进笼子里。

这是条成年狗，有一米长，它瞥了一眼影山塞进来的牛奶，一动也没动。

"来，喝点吧。喝了就有精神了。"

怎么叫它喝，它都不理不睬。

"被害得那么惨，当然要生气了。"

其他的狗却不停地叫着。有的还拖长声音发出悲戚的叫声。

"不是我们想虐待你们，是教授的命令，要恨就恨教授吧。"

他把牛奶都倒光后回到了研究室。在走廊上就闻到了兔肉汤的香味。

在研究室做的兔肉汤里除了兔肉外，还加了土豆、洋白菜、洋葱等配菜，然后用黄酱调味，简直就像大杂烩。

"差不多可以吃了。"

负责做汤的小田下了判断，关小了火，给大家盛汤。包括值班的，一共八个人。没有教授、副教授那些严肃的人，全是一般的医师，所以大家都很轻松。

"默哀。"

全体人员都盛完汤后，低头默哀。对当过研究材料后，连肉都被吃掉的兔子表示哀悼和感谢，已成了惯例。

"啊，味道真鲜啊。"小田对自己调的味自我夸赞。

"以后还有牛骨实验，真想吃牛肉啊。"

"下次找些肉多的牛骨来就行了。"

"那我就再给你们露一手。"

大家一边聊着，一边香甜地喝着汤。

"大学毕业的医师就像咱们这样呀。"小田叹息着自言自语道。

7

身体组织中骨头是比较低级的组织。

把同一个身体中的组织分成高级、低级似乎不可思议,但各个器官之间的确存在着差异。

例如,神经可以算是人体中最高级的组织,其次是肝、肾、血液等比较高级的组织。

与这些相比,肺、心脏和胃就差了一等,皮肤和骨头就更在其下了。

判定这些差异最简便的方法就是再生力,即一旦部分被切除,还会愈合的复原力。

这一点观察一下海葵和蚯蚓就明白了。如果在海里被海葵蜇了的人,气得用刀子将它切碎,每个碎块又成了一只新的海葵,其数量反而增加了。蚯蚓的再生力虽然不如它,但被切成小段后,每一段也能成为一条独立的蚯蚓。不过,有些品种的蚯蚓,没有头的部分就会死掉。

总之,动物越是低级,再生力就越强。

人类在分类上,是灵长类·人科·人,在目前地球上生存的动物中再生力最弱。如果人像海葵那样被切得七零八碎的,肯定活不成了,就连切掉一根手指,也永远长不出来了。

一般说来,脊椎动物以上的生物进化程度很高,切掉了四肢是不可能再生的。

而人类在高级动物中又是最高级的,因此再生力也最弱。然而,身体中每个部位并非同样的程度。比如,皮肤和皮下组织的再生力就比较强。

用刀割破了手腕,伤口浅的话,血会立刻止住,被皮肤遮盖上。即使刀口很深很宽,皮下组织也会从周围长出来,使创口缩小。

就是这样,越是身体表面的易受创伤部分的组织,再生力就越强,这也可以说是人体巧妙的防卫机能。

虽然人体没有使断臂再长出来的再生力,却有覆盖伤口的能力,所以我们才能放心地裸露皮肤。

和皮肤相比,脑的再生力就非常弱。不言而喻,脑内聚集着神经细胞。在细胞中,脑细胞最高级,再生力也最弱。如果因煤气中毒等原因,某部分脑细胞因缺氧而死亡的话,那个部分就再也恢复不了了。如果受损的是记忆中枢的话,就会得记忆丧失病。

如果脑出血和脑血栓使运动神经受损的话,就会造成患者运动障碍。溢出的血被吸收后,运动神经会有所恢复,但持续一年以上的运动障碍就很难恢复了。

其他神经也是同样。因脊椎骨折而使脊髓神经受损的话,受损部分以下的神经便会完全麻痹且身体瘫痪,即所谓半身不遂,余生就要靠轮椅来生活了。

手脚的末梢神经也是一样,一旦被切断,那部分就永远没有知觉了。

尽管没有神经损伤后那么严重,但肝脏和肾脏被破坏后也很难恢复。正如日语中的"肝肾"(日语是非常重要的意思)这个词那样,这两个内脏器官都非常高级,非常重要。当然,这种高级而再生力弱的组织事先储存了多余的细胞,具有相当强的后劲儿。

例如,大脑分为左半球和右半球,其实人只使用了半边大脑的一部分，其余部分都被储存起来了。极端地说，即使失去半个大脑也不会对日常生活有太大影响。

肝脏也是一样，即使相当大的一部分受伤，也能正常运转。正因为其具有这样的防御功能，在肝脏检查中查出毛病来时，就说明已经有相当多的肝细胞受损了。

而且这样的器官很难施行手术。肝脏具有代谢体内毒素的作用。肾脏也有再吸收营养、将废物通过小便排出体外的功能。假如在体外建设一个和肾脏同样功能的工厂的话，就需要两三个大厦那么大。可见，小小的人体内正进行着异常精密的工作。

与这种起到化学性（正确地说是"生化"）作用的器官相比，起到物理作用的器官被看低了一等。事实上，其工作内容也确实简单容易。例如心脏收缩放流血液，简单地说，只是反复进行收放的动作。虽然在途中要给血液加氧，但和心脏的功能无关。

因此，心脏的构成就比较简单。美国已经研制出了人工心脏，日本也进行过心脏移植手术，这说明心脏的功能较为简单。如果换成肝脏的话，就不那么容易了。肝脏的工作内容复杂，相对来说，排斥反应也强，所以目前肝脏移植手术几乎百分之百失败。

同样，胃的功能也比较单一，即把人吃入的食物弄碎、弄软。尽管胃的内壁也会造出叫胃液的消化酵素，但不是非有不可的。单是咬碎的功能，在嘴里也能充分进行，只要将食物本身弄软，就不会给胃增加太大的负担。胃溃疡等疾病的手术之所以能够简单地切除部分胃，就是因为胃所负担的工作简单、容易由其他器官来代替。

现在来谈谈骨头，很难说它的工作是高级的。

一般来说，骨头的作用是构成身体的骨骼，支撑身体。虽然它还制造血液,但肝脏和脾脏也有这个功能,所以并不是唯一的。换句话说,支持身体这一物理性的工作是其主要工作。

最近也有用不锈钢等金属代替骨头植入体内的临床治疗方法。

虽说不锈钢在与周围的肌肉和血管的融合上多少有些问题,但可以满足一部分需要。

正是由于骨头的工作简单,所以再生力也比较强。即便骨头断了,将两端的断骨拉近到一厘米左右的距离,一般都能接合上,即从折断的骨头两端长出新的骨头来接合。

如果换成神经和血管就不行了,相距一厘米也很难接得上。即便将它们紧密接触,不吻合也要失败。骨头有些空隙无所谓,但神经和血管不允许有丝毫间隙。

拿人来打比方,骨头就像大大咧咧的浪荡公子,而神经和血管就像单纯而神经质的人。"神经质"这个词大概就是由这个组织的特性造出来的吧。

由此可见,骨头在人体中再生力比较强,换句话说,属于较为低级的组织。

不过,就人体来说,不等于高级的器官就好,低级的器官就不好。应该说,仅仅从存活时间长这一点看,具有再生力的低级器官越多对人越有利。

总而言之,所谓高级、低级只不过是由该组织的特性而划分出来的。

骨头这一低级的特性,也正是东都大学整形外科开始骨移植实验的重要依据。

就是说,骨头和骨头之间出现了空间,将其他骨头填进去的话,就有接合的可能。如果是刚刚骨折,骨间相差一厘米,骨头自己就能接上,即便短缺了两三厘米甚至四五厘米,中间充填其他骨头,也有可能接上。

可以说,骨移植的设想便是由此产生的。

对充填的骨头与原来的骨头(即母床)相接合的过程,已经有很多研究者进行了种种实验。

其大致的研究情况如下。

首先是自身骨的移植。从移植骨和母床两端长出形成骨头的骨芽细胞,它和血液一起活跃地工作,制造出叫假骨的软骨。这软骨在移植骨和骨芽之间像桥一样逐渐伸展,最后将二者接合起来。

最初的三个星期,断骨处是以假骨的状态接合的,经过一个月到两个月,变成真正的骨头。当然,因移植骨周围的状况不同,也有多种情况。周围的肌肉和皮下组织越健康,血管越丰富,骨头接合得越快。从移植成功的例子看,两个月后,移植的骨头就与母床完全融合同化了。

然而,同种骨的情况就有所不同了。

同种骨移植后,同样会长出假骨,它作为桥梁连接两端也是同样的。

可是在此之后,详细的跟踪实验表明,植入的骨头会被逐渐吸收,最终消失。

这一点和自身骨那样保持原形与母床融合有所不同。

当然,即便如此,植入的骨头被吸收,并不等于那部分会产生空间。植入的部分的确被骨头掩埋了。因为移植骨虽然消失了,但那个部分被骨头填充了。

假如是这样的话,空间部分的骨头即是从母床新长出来的骨头。

这一事实可以说给了我们一个暗示：移植同种骨后，它不断被周围长出的新骨所吸收，直至消失。换句话说，它起到的只是从母床长出新骨之前的过渡作用。

这一点和保持原状与母床同化并生存下去的自身骨完全不同。

同样是移植骨，却有这样的区别，确实很有趣。

那么异种骨的情况如何呢？关于这个问题还没有详尽的研究。

根据学者的推测，大概和同种骨的情况相差不多。至少不会像自身骨那样，能够保持原形而存活。

异种骨比起同种骨还要差得远，且不说血液，骨头也是完全不同的。

拿人来打个比方，移植自身骨如同去了都市一段时间的儿子回到了故乡，而同种骨就好比领养了一个出身的家庭差不多的养子。

与之相比，异种骨就像领养了一个无论语言、习惯和宗教都完全不同的养子。

为了防止与新的面孔发生摩擦，要事先训练他，使他适应新的语言和习惯。这就相当于为了防止排斥反应而进行的种种实验。

但是，事先进行的这些训练是否能够使其适应新的家庭呢？

尽管刚开始时老老实实的，但不知什么时候就会待不住，闹腾起来。就是说有可能化脓，移植骨脱出。

如何使其成为有个性且稳重的养子，正是移植骨研究组最头疼的问题。

8

196×年12月，虽然已经过了冬至，东都大学整形外科研究组所在的东楼三层一带,直到深夜依然灯火通明。医院办公大楼的灯几乎都已经熄了,只有整形外科办公室、第一至第三研究室、图书室、教授室、副教授室、讲师室等房间的窗户里还亮着灯,这情景给人一种异样的感觉。

在各研究室里,全体医师正在为完成这半年研究数据的整理工作而奋战。

一向很早就下班的教授这个星期也每天都待到十点或十一点才走。今天也是这样。大家正围着教授,研究着到目前为止的实验成果。

首先是真野副教授报告研究概况。

根据实验,有关使用截肢骨的最大问题——肿瘤细胞问题的研究结果显示,在肿瘤部位以外十厘米的地方,完全没有发现肿瘤细胞。

很明显,异常的细胞只存在于用肉眼可以看到的、被破坏的骨头外缘起三至五厘米以内,而且是很分散的。就是说,距离肿瘤五厘米以外的骨头就基本安全可用了。若将范围稍稍扩大到十厘米,应该没什么问题了。

其实肿瘤细胞并不一定全在肿瘤的中心。比起中心部位来,倒是边缘部位肿瘤的发育更活跃。

不过这次实验的结果证明,距离肿瘤部位十厘米以上的骨头,是可以放心地用于骨移植的。

若肿瘤长在大腿骨的下端、隔着膝关节的小腿骨上的话,不到十厘米也没关系。就是说隔着膝关节,可以保证没有问题。没有隔着膝关节,十厘米以外也是安全的。

此外,从取骨和年龄的关系来说,患者越年轻,散布到周围的肿瘤细胞越多,但这也只限于十厘米以内。另外,肉瘤等恶性肿瘤的肿瘤细胞比巨细胞肿瘤分布广,但也超不出十厘米的范围。

关于长期保存的截肢的骨细胞活性,研究也证明,在福尔马林等溶液中浸泡两个月以上的截肢的活性减弱了很多。

这时的骨细胞几乎死灭,骨细胞、骨芽细胞等出现很强的变性。截下两个月以内的移植骨中,一个月以上的,死灭三分之二,一个月以内的,一半的骨细胞勉强可以保存原状。总体来说,残肢截下的时间越短,骨细胞的变性越小,这一点与预想的一样。结论是最好使用两个月以内的骨头,最理想的是一个月以内的骨头。

当然,以上的实验结果只限于用福尔马林等消毒溶液保存的骨头,更换保存方法的话,也许能够得到更好的保存效果。

真野副教授展示了许多数字、近二十张图片,以及近五十块骨标本,并进行了说明。

教授在实验过程中也多次听取了报告,所以对大致情况有所了解。

实验尽管是以真野副教授为中心的研究组在搞,但研究的步骤,时常要和教授进行磋商。

教授听完报告,看了看标本,点了点头。

"辛苦了。大家都非常努力,所以很有成效。不过,关于骨头的保存问题,消毒液好像不太理想啊。"

"药液浸渍法不理想这个问题,已经有雷诺鲁滋等人证明过了。"真野副教授回答。

"冷冻保存法怎么样啊?"

"保存两个月以内的话,几乎与新鲜骨没什么两样。"

"那么,截肢也用这个方法保存怎么样?"

"也考虑过这个问题,但这需要比现在更大一号的冰箱。"

"有那么大的吗?"

"前几天我向平田医疗器械厂咨询过,他们说可以做。"

真野副教授真是有远见,每一步都想在教授前头。

"还是试验品,价格比较高,但是可以用它作为骨银行来保存骨头。"

教授点点头,吸了两口烟。

"不过,也只能保存骨头吧?"

"我也想过这个问题,在距离截肢的肿瘤部分十厘米至十五厘米处再次截肢,只将这一段用福尔马林保存。把其余骨头的肌肉和血管等软组织全部去除,用水清洗骨头后,再用生理盐水洗一遍,灭菌后放入冰箱保存。我觉得这个方法最好。"

"保持骨头原有的形状吗?"

"不,最好剖成两半,洗去中间的骨髓。实验结果证明,同种骨至少可以存放九十天。"

"那个保存骨头的冰箱需要的费用是多少?"

"只有冷冻功能的很便宜,带杀菌功能的就要贵一些。大致的价格 要一百万左右。"

"就是说冷冻灭菌了?"

"是这样打算的。"

教授缓缓点点头,停顿了一会儿,说:

"够贵的……"

"贵是挺贵的……"

"从尸体取骨的协商进行得怎么样了?"

"病理科那边还是不通融,没有答应。"

"不告诉患者不就行了?"

"是啊,可他们说,还是不能瞒着患者取骨……"

"骨头的一部分有什么关系啊,真是教条。"教授有些不高兴。

川野看见教授的脸色,也沮丧地把脸扭开。

他自己也不去交涉,光指手画脚。"既然那么需要尸体的骨头,自己怎么不去要?"要不是因为他是教授,川野真想冲他这么说。

"他们说万一被人知道了会很麻烦,不便正式表示同意。即便能谈妥,每次取骨都要事先和病理科那边打招呼,相当烦琐,所以务必要买个冰箱。"

"可是,研究经费有限呀。"

现在一个课题每年的研究费是二百万,要是买冰箱,研究费就减少了一半。

"如果能够冷冻保存截肢,就用不着考虑从尸体取骨了。咱们科所需要的移植骨靠截肢骨完全够用。"

"有那么多截肢吗?"

"如果从大腿部分截肢的话,其小腿到脚部的骨头最少可以用上半年,所以来源不成问题。问题是如何保存,只要保存的条件好,能够保存四个月。"

"截肢每四个月都有新的最好了。"

"最近每个月都有,所以不必担心。"

"也可能半年都没有啊。"

"也不一定一直有需要骨移植的患者,所以最好买个冰箱。"

"你不会是已经跟平田医疗器械厂预定了吧?"

"没有,这么贵的东西,我怎么会自己决定呢?"

教授抽着烟,然后说了一句"我考虑一下"便站起身来。

大家明白,这次的研究应该以买带灭菌装置的冰箱来结束。

如果不买这样的冰箱来保存同种骨,那么这次研究就没有意义了。在这一点上,大家和真野副教授的意见一致。

可是教授的回答很含糊。诚然,上百万的价格对于目前科里的研究费来说是相当高的。要是买了冰箱,就会影响其他研究。

但是,将截肢上取下的骨头保存在冰箱里作为同种骨使用这个做法,可能会在学会上引起相当大的反响。尽管抱有这样的设想的人不少,但第一次提供同种骨的是东都大学。明明知道会受到好评,教授却没有好脸色。

"看来,教授对副教授没有好感啊。"会议结束后,新谷叨念着,这也是所有人的感受。

"一百万也没什么大不了的呀。"

"用它来进行前所未有的保存法而引起关注,也没有损失啊。"

"可以请大家捐款,或者去借款。真想干的话,没有办不成的。"

"也许教授怕真野太冒尖吧。"

"要是风间要求买的话,他肯定会痛快答应的。"

没有上司在场,大家想说什么就说什么。今天教授的态度的确让人产生这样的怀疑。他让大家搞实验,可到了关键时候,他自己却不置可否,干了半天也是徒劳。

"我们到底不是亲生的呀。"

"看来一切都是以异种骨研究优先啊。"

"如果同种骨能够保存的话,研究出的异种骨再好,不也没有价值了吗?"

"教授害怕的正是这一点吧?"

"都是一个部门的,出了成绩有什么不好呢?"

"那为什么不让买冰箱呢？难道教授不了解实验的情况？"

"我不这么看。"新谷自信地说。

"教授早晚会同意买冰箱的。"

"早晚会买的话，现在买不是一样吗？"

"这可不一样。教授对真野副教授先跟厂家咨询很反感。如果现在同意的话，就等于冷冻保存法成了真野的功劳了。"

"教授在论文前面署上自己的名字不就行了吗？"

"表面上是这样，可多少有些不甘心。他自己也想在这个机械的设计上加上一页，所以找借口拖延时间，想要做些改进之后再购买。"

"就是说，这么一来，教授的意见也可以写进去了？"

"这样来作为自己的成绩在学会上发表。"

"副教授也意识到了吗？"

"当然意识到了，但他还是退让了。"

"他一定不太高兴吧？"

"可是，为了当继任教授，这也是没有办法的事。"

"不过，照这样下去，也有点难度呀。"

"是啊……"

"从人情来说，比起风间来，我更愿意让真野当教授。"

"早晚会决出胜负的。"新谷抚摸着下巴上新长出来的胡须说道。

9

同种骨研究组研讨会后的第二天，又召开了异种骨研究组的研讨会。出席者以可知教授为首，有风间讲师以及小田、金田、影山等异种骨研究组的全体成员。

和同种骨开会时一样,首先由研究室主任风间讲师概要介绍了实验结果。将新鲜的牛骨或狗骨植入兔子身上的实验结果表明,移植骨和被移植的动物之间的沉降反应都是阴性的,特别是没有出现最容易发生的抗原抗体反应。但是在血球凝聚反应上,有一些轻度的阳性反应,血液中有极少量的抗体。

另外,将牛骨移植到狗身上的实验表明,从移植后两星期左右开始,被植入的骨头周围出现严重的炎症反应,可以断定这起因于抗原抗体反应。炎症会逐渐消退,但是将持续相当长时间。移植骨四周一部分组织受到破坏,被周围长出的新骨覆盖,移植骨以被封闭的形式孤立。

与之相比,将移植骨用甘醇液或高温进行处理后,血沉的反应全部是阴性,没有发生抗原抗体反应。

然而,将这些骨头移植到其他动物身上的实验表明,表面上移植后没有出现炎症,愈合良好,但是,从第六周左右开始出现炎症反应,到了第七周、第八周,和没有经过处理的移植骨一样,移植骨部分受到破坏而孤立。用甘醇液加热到200摄氏度、高温处理五个小时的移植骨,比加热到100摄氏度、高温处理两个小时的移植骨炎症反应轻一些,但移植骨的吸收和置换比两小时的差。

风间讲师共出示了上百张幻灯片、照片和图表,最后总结道:

"药液和高温处理减弱了骨头的抗原性,所以炎症反应也弱,看上去移植很成功,但长期追踪显示,会逐渐发生炎症,以手术后一两个月的情形来判断成败是很危险的。"

风间讲师话音一落,大家都叹了一口气。

这就是说,从今年五月开始的异种骨研究组攻关战的实验结果并不理想。

通过用甘醇液高温处理来去除抗原性,看起来移植成功,其实不然。从移植后的第六周开始出现炎症,到了第七周、第八周,和没有经过任何处理的移植骨一样,移植骨的一部分因受到破坏而孤立。经过处理后,排斥反应变弱,却不一定立刻能见效。

可知教授默默地听完风间讲师的讲解后,在烟斗里填上了新的烟叶,缓缓地开口道:

"过去的组织学化验检查,最长追踪到第几周?"

"第十一周。炎症本身消退了,但移植骨片被封闭在周围的骨头中而完全孤立。"风间讲师取出手头的一张幻灯片回答。

"之后会怎么样呢?"

"从这张幻灯片也可以看出,会被移植骨周围的新生骨吸收破坏。再进一步发展的话,移植骨恐怕会完全从母床游离的。"

"就是说,被当作异物排斥?"

"还无法断定,打个比方,就会变成像羊羹里的栗子那样的状态。"

这时,坐在末席的影山不禁笑了出来,被教授瞪了一眼,赶紧低下了头。

不过,羊羹里的栗子的确是很巧妙的比喻。把母床比做羊羹,移植骨相当于栗子。现在栗子周围的羊羹很坚实,所以被覆盖了,一失去羊羹的支持,栗子就会浮起来。这样的话,移植就没有意义了。不,正确地说,移植骨仅仅被包裹在里面是不行的。栗子的部分要和羊羹同化,变成同样的东西才行。否则,就不能说是真正意义上的移植成功。

要是换成自身骨,就会比较顺利,经过两个月左右,栗子的部分差不多会消失,全部变成羊羹。同种骨需要的时间长一些,但也会变成羊羹的。

只有异种骨无论多长时间也不会被同化。

"异种骨不会长出新的血管吧?"

"在有炎症时,移植骨周围有一部分血管,但它们没等和母床的血管愈合就被封闭了。"

如果羊羹和栗子之间有血管相连的话,营养就能够从羊羹这边流向栗子那边,这样二者就能逐渐同化。然而栗子在羊羹里孤立地漂浮,两者完全没有任何联系。

"你说经过处理的移植骨在第六周左右出现炎症,是否是因为受到感染呢?"

"不会的,这方面我可以保证。"风间讲师断然说道。

"几乎所有用甘醇液加热到 200 摄氏度处理两个小时的骨头,都是从第六周、第七周开始发生炎症的,而且不是由于感染引起的急性症状。"

所谓炎症,一般是在细菌进入体内时发生的,是将这些细菌赶出去的白细胞军队和要在体内繁殖的细菌军队之间的战斗。

感染引起的炎症,说明移植骨上带有细菌,或在实验中感染了细菌,即实验技术的失误。

如果是这样,实验后应该马上出现炎症。过了六个星期,所有的实验都出现炎症,很难认为是单纯的炎症。从炎症以缓慢的速度,一点点地发生来看,也有别于普通的炎症。

所以正如风间讲师所说的那样,应该认定是抗原抗体反应引起的炎症。

"新的异种骨植入后马上会发生炎症。但是,经过 100 摄氏度高温处理后的骨头从第六周开始发炎，200摄氏度处理过的骨头时间更长。怎么看这一区别呢？"

"我认为这和移植骨抗原性的强度不同有关。证据就是，新鲜骨、100摄氏度处理骨、200摄氏度处理骨，与其抗原性被削弱成正比，炎症反应也相应减弱。炎症发生得晚，抗原少，被母床吸收的时间就长，换句话说，就是达到引起炎症的量在时间上的差距。"

"但是，各种处理骨的血清反应也几乎都是阴性的。没有出现抗原抗体反应。就是说，处理骨的抗原性很少，这一点如何解释呢？"

教授的问题确实是一针见血，风间讲师也不示弱。

"不错，血清反应的确是阴性的，这并不意味着移植骨的抗原是零，尽管仍有微量的存在，却检验不出来。总之，这是涉及检验方法的问题。"

"即抗原的检测法。"

"是的。我们采取的方法是用研钵捣碎骨头，将骨粉融化在生理盐水中，去掉沉淀物。骨头溶于液体的只有不到0.1%。所以不能去除所有的抗原。遗憾的是，目前只有这一种方法，很难以此来断定抗原性为零。"

听了这条理清晰的回答，教授点了点头。

"其他人还有什么意见？"

教授环顾了众人，没有人发言。刚才二人的对话，把大家都震住了。

"还有一个问题。"教授看着自己右手拿着的烟斗说道。

"十周以后，移植骨会游离。用风间君的比喻，就像栗子漂浮于羊羹，那么这之后会怎么样呢？"

风间讲师先看了看其他人，见大家都不说话，便回答：

"据我的推测,大概会长出肉芽组织,将空间填埋。"

"就是说长出软组织了?"

"很遗憾,不会从母床长出骨头的。"

"能肯定吗?"

"不排除个别的情况,到目前为止的异种骨实验中,没有追踪那么长时间的。"

"就是说,这一点还不能断定,并不等于所有的移植骨都会游离,是吗?"

"是的。"

"尤其到目前为止,得到的都是动物实验的结果,还没有做过人体实验。"

说到这里,教授沉默了一会儿,然后仿佛下定决心似的说:

"基础实验当然是必要的。必须进行反复多次的动物实验,来研究移植骨的命运。但是,这样的实验做得再多,也只限于狗和兔子的范围。人和狗毕竟是不同的。"

研究组的所有成员都屏住呼吸,望着可知教授。

"一定程度的基础实验结束后,我们就要迈出新的一步。在适当的时候,要拿出勇气来,向下一个阶段前进。我们没有太多时间了。"

可知教授又看了看大家。

"要尽快开始人体实验。"

一瞬间,屋子里的所有人都露出了紧张的神色。影山不禁攥紧了拳头。

"移植骨使用牛骨的甘醇液 100 摄氏度两小时处理骨和同液 200 摄氏度五小时处理骨。那么,用于实验的患者谁比较合适呢?"

教授朝风间讲师望去。

风间点了点头,用沉稳的语调说道:

"312号的平野。他的右下腿骨折两个月,发生了骨髓炎,做移植手术为好。"

"好,那就先用这个人。"

"我说一句……"平野太郎的主治医师小田忽然抬起头来,"平野是开洗衣店的,是一家之主。"

"那又怎么了?"

"可以的话,最好不移植……"

"主治医师这么没自信可不行。还有其他可以用于实验的患者吗?"

大家都低下了头,谁都不愿意让自己的患者来做这种动物实验结果表明有危险的手术。

"影山君,你负责的叫安藤美那子的姑娘怎么样?"

听风间讲师这么一问,影山的脸猛地一哆嗦。

"她是左下腿的复杂骨折,行不行啊?"

"这个……"

"才一个月,骨移植似乎早了点,不过可以试试看。21岁,年纪轻,或许会有新的发现。"

"可是……"

"因为是个可爱的女孩子,就舍不得吗?"

"哪里,没有这回事……"

"那就这两个人吧。今后要尽量给骨折患者做骨移植,努力增加手术数量。到五月份的学会之前,尽可能拿出更多数据。"

教授说完,在自己的笔记本上记下了二人的名字。

临床

1

同种骨研究组、异种骨研究组的研讨会结束后,整个整形外科躁动起来。

话题当然是围绕着异种骨的人体实验比预想的要快这件事,从五月开始攻关以来,大家都没有想到会这么快将其应用于临床。

再怎么快,也得进行一年到两年的时间,甚至有可能被取消的实验,却在仅仅半年内就应用于临床了。

而且还不能保证这种异种骨移植对人体是无害的。

研讨会上,风间讲师也讲到异种骨还存在疑点。虽说经过甘醇处理可以减少抗原性,但移植后一个半月到两个月还会出现炎症;植入的骨头与周围不融合,会留下像羊羹里的栗子那样形态的东西;这异物般的骨头最后不知会怎样……有待研究的问题还不少。

但是可知教授坚决要进入人体实验。

"动物实验做得再多,终归是移植给动物的实验。动物和人体的情况是不同的。"

这是直接的理由。

然而,这个理由的背后,还有不能再拖延的时间问题。要在明年春天的学会上发表成果的话,单靠基础实验是缺乏力度的。只有和人体实验成果一起发表才有价值。因此,从今年年底就必须开始人体实验,不然就来不及了。

整形外科的医师都明白这一点。将异种骨经过种种处理植入动物体内,仅止于此的话,其他部门也在研究。可知教授是不会满足于这种程度的研究的。

尽管如此,这次的研究也过于强求了,很明显是冲着学会去的。

对此,同种骨研究组最先提出了批评意见,当然是背着教授了。这是在一天的研究结束后,大家在研究室和办公室喝酒的时候提出来的。

批评派的急先锋是同种骨研究组的新谷。

他们认为,骨移植就应该用同种骨,使用牛骨和狗骨这些异种骨怎么说也是旁门左道。这并不是因为他们自己是同种骨研究组的人才这么看。异种骨虽然很容易得到,但抗原性和细胞构造上存在着问题。要植入人体,还是应该用人的骨头。

与异种骨相比,同种骨的问题是能否保证充分的骨源。这个问题通过同种骨研究组进行的由截肢取骨的研究,已经证明可以解决。只要对取出的骨头的保存法再进行一些研究,就可以马上投入使用。

真野副教授以及同种骨研究组的成员都这样主张,要求购买能够保存消过毒的骨头的灭菌冰箱,可是教授不同意。教授的心思完全扑在了异种骨的研究上。

的确,比起将截肢保存于冰箱作为移植骨来使用这样的研究论文来,将牛骨成功地植入人体更风光,也更有震撼力。对一向爱在学会发表令与会者注目的论文、一直春风得意的可知教授来说,同种骨那样不起眼的研究引不起他的兴趣。受这一影响的波及,同种骨研究组也遭到冷遇。新谷他们不能不感到心理不平衡。

"太草率了。连狗都会在第六周至第八周发生炎症,已经有明确的数据证明了。而且植入的骨头很孤立,与周围的骨头毫无愈合的迹象,只不过是像玻璃那样的异物。要是因此引起炎症就更成问题了。明知会这样还给人移植,太不像话了。"

已经晚上九点多了,教授和副教授都不在了。留在医院里的都是年轻的医师,所以新谷说话没有顾忌。

"这可是地地道道的人体实验。医师是绝不能这样做的。"

"先生……"

由于新谷的声音太大,小田提醒他注意,并瞧了瞧门口。虽然关着门,也说不定有人在外面偷听。

"你也真差劲儿。"

喝了不少酒的新谷根本不理睬小田的提醒,反而冲他发起火来。

"还以为你是个有骨气的人,原来也是个胆小鬼。第一个试验品就是你的患者呀!"

被他这么一骂,小田沮丧地垂下了头。

"教授提出这个患者时,你为什么不说'我反对'呢?你难道不应该说'我不愿意我的患者被用于这样的实验'吗?"

作为异种骨移植的患者,第一个被点名的就是小田负责的平野。

"他是开洗衣店的,是有三个孩子的一家之主,是家里的支柱。你明白吗?"

"是……"

"植入了异种骨的话,会延长治愈时间。他已经住了两个月院了,还要住上四五个月,弄不好还可能成为残废。你心里明白,还老老实实地服从,真没想到!你还算主治医师吗!"

戴眼镜的温厚的小田,头越来越低了。

"医师就应该像个医师的样子,要有些胆量和骨气!"

"先生……"影山看不下去,插嘴道,"小田也不愿意让自己的患者去当试验品呀。教授这样说了,他也没有办法,他心里肯定是反对的。"

"胡说八道!心里再怎么反对,不说出来也没用。不说出来和什么都没想是一样的。"

"可是,在那种场合很难……"

"影山,你也够呛。"

见新谷朝自己来了,影山慌忙低下了头。

"安藤美那子是你的患者,才21岁,还没有出嫁。一旦失败,成了瘸子怎么办?你怎么负责?赔偿吗?"

"这是教授决定的……"

"如果教授说乌鸦是白的,你也说 YES 吗?"

"那当然不至于了……"

"你原来在全学联待过吧?你们总摇旗呐喊医院的封建性啦,教育制度落后啦。可你自己进了医院之后,就成了这副熊样。拿出点全学联成员的架势反对呀!"

被新谷戳到了痛处,影山卡了壳。新谷又喝干了一杯酒,扫了一眼沉思着的众人,说:

"难道你们就是掌握着生杀大权的医师吗?太让人失望了!也难怪医师总被批评。"

"可是,先生……"一直沉默着的坂井开了口,"先生的意思我们都明白,可是在那样的会议上,教授当面这么说,实在很难反对呀。"

"这就不应该。"

"虽说不应该,可是大家有自己的难处,请问,如果是先生的话,会反对吗?"

"当然会反对。"

"那么就试试看。如果先生带头反对的话,我们都跟着。好不好?"

听了坂井的话,小田和影山都点头。

"等等,我并不是想要拉帮结派。你们这些年轻人以为大家一起干就成了吗?前提是每一个人都要有勇气才行啊。"

"可是,单枪匹马实在……"

"我打算自己去跟教授谈。"

"真的?"

"那还用说。我站在理上,没什么可怕的。反正教授也不待见我。大学这种地方是待不长的。"新谷提高了嗓门说道,忽而又想起了什么,"那个风间太坏了。提出你的患者安藤美那子的就是他吧?那家伙自己做动物实验,明知结果不好,还要做人体实验。"

"我一直把风间当作优秀的人来尊敬,可是这次研讨会上他的表现真让我失望。"

"明白这一点,就说明研讨会有召开的理由了。"

"按说风间应该反对人体实验才对。可他却积极地提供实验患者的名单。"

"不这么做怎么出人头地呀!"

"可是也太过分了!看来教授和风间是一丘之貉呀!"

"既然他们两人一起干,那么是不是胜算在握呢?"小田犹豫着插了话。

新谷立刻说道:

"要是有胜算,在研讨会上为什么不说?当时的结论似乎是不太乐观的。"

"是不是有什么秘密武器……"

"都是一个部门的,有必要隐瞒吗?总之,他们是想做人体实验。动物实验的成绩不太理想,要是用人来做实验或许会好一些,说不定能成功呢。实验者的心理就是这样的。"

"这么说是在赌博了?"

"可以这么说。不过赌博者没有什么损失,被赌博者可就惨啦。"

大家又沉默了。

过了一会儿,坂井鼓起勇气,喝了口酒说道:

"那么,真野副教授对这次实验是怎么看的呢?"

"当然反对啦!但他很明智,不说什么。"

"教授不同意买冰箱,他一定很为难吧。"

"听说他打算自己出钱来买。"

"要花一百万吗?"

"好像正在找赞助者,他是认真的。"坂井叹了口气。

"同种骨还是异种骨,不知鹿死谁手啊。"

"哪里,应该说'真野还是风间,不知鹿死谁手'。此乃继任教授之争啊。"

"看样子双方都不示弱啊。"

"不过,我从感情上倾向于真野。他作为研究者是诚实的。话说回来,你们想好怎么说服患者了吗?"

小田和影山对视了一眼。

"你们打算怎么解释呢?"

"我正犯愁呢。你教教我们怎么说好吗?"

"就说'骨头愈合得不好,所以要做一个能加速愈合的手术'吧。"

"说假话……"

"说不出来?可是既然接受了教授的指令,只能这么说。"

"……"

两位主治医师又抱起胳膊,沉思起来。

2

12月10日,东京一带从早晨开始气温就很低,天空却非常晴朗。

东都大学医院地势较高,所以景色很好。从整形外科的住院处,可以望见西北连绵的铁父山脉,南面可以清晰地眺望富士山。

已经进入了12月中旬,富士山从六合目往上覆盖着白雪。小田医师双手插在白大褂的口袋里,凝视着富士山。

"小田医师,不去巡诊吗？"

他回头一看,是 B 组的护士长皆川摄子。在整形外科,将住院的患者分为 ABCD 四个组。每组有二十人左右,由三四名医师分别负责,并配备相应数量的护士协助工作。B 组医师的巡诊时,B 组的护士要陪同。

"已经九点半了。"

在她的催促下,小田离开了窗边。皆川护士推着装满纱布和消毒液瓶子的巡诊车,先出了诊疗室。

对今天的巡诊,小田颇为踌躇。

今天必须把要进行骨移植手术一事告诉给自己负责的患者平野一太郎。

明知是人体实验手术,却要说服患者同意手术,这使他心情沉重。可是手术已经定在下星期五了。在下次巡诊的时候,教授会就患者的病症向主治医师提出问题,所以必须在那之前说服患者。

小田很烦恼,一度想去跟教授说"我反对",可是又没有勇气。就这样拖到了今天,已经不能再拖下去了。

皆川护士已经走进了平野所在的 312 号病房。小田跟在后面走了进去。

312 号病房是个三人房间。从门到窗边并排三张床。一般住院时间长的患者总能占领位置好的床位。三人病房以窗边为最好的位置,其次是门边,中间的床铺两边都有床,所以一般人都不喜欢。

平野已经住了两个月的院了,所以在最里面。外科的床位变换很快,两个月算时间长的了。

小田像往常一样从门边的患者开始换纱布。

这位患者名叫峰村,42岁,银行分行行长。因腰椎间盘突出于三周前做了手术,恢复得很顺利,下个星期就可以出院了。中间的患者船田,右大腿骨长了肿瘤,是一个星期前住院的,才17岁,被怀疑是恶性肿瘤,正等着进行全面检查。

询问了二人的病情,检查了患处之后,小田来到平野的床前。

"早上好。"

每次巡诊时,平野都要坐起来,客气地行礼。

"托你的福,今天的早饭全吃光了。"

平野彬彬有礼且不失幽默感。护士马上打开了他腿上的绷带。

平野的右腿从膝盖以下到脚尖都裹在石膏里。

因为骨头还没有接上,所以不能去掉石膏。

已经打了两个多月的石膏了,所以,两条腿像枯木一样干瘪,皮肤也干燥得大片脱落。光看这条腿,就像是木乃伊的腿。在小腿的三分之一处,有个五厘米左右的棒槌状创口。这部分皮下组织少,在骨折里是特别难治愈的部位,因皮肤缺少而露出肉芽组织。在适当的时候还要进行皮肤移植,但现在的关键是骨头的接合。

"先生,托你的福,新店年底前就能建成。"换纱布时,平野笑着说。

他的店在荻洼的青梅街道附近,以前是二十坪左右的平房,两个月前开始改建成二层建筑了。

临动工前,他骑着摩托去送货,拐弯时撞上了小汽车,受了伤。因为是发生在狭窄小路上的碰撞事故,所以不好说是谁的错。对方给他付了医疗费,但是,误工赔偿只给了十万元慰问金。因事出突然,他本想把工程停下来,可是,刚刚动工,正好趁着养伤期间改建,就按照预定计划进行了。

"只能让老婆辛苦一下了。"

正像平野说的那样,在他住院这段时间,店里的事都是妻子代管的。

"等我出院后,一定请你来我家做客。"

"谢谢。"小田一边道谢,一边给伤口盖上了纱布。

"今年之内还是出不了院吗?"

"骨头还没接好呢。"

"那么,正月放假时,可以回去几天吧?"

"这个嘛……"

小田啪啦啪啦地玩弄着手里的镊子。

"是这样,在前几天的研讨会上,决定再给你做一次手术。"

"我这条腿吗?"

"骨头接合得不太好,还是再开一次刀比较好……"

"可是,前不久刚做了手术呀。"

"是的,可是创口受了感染,进去细菌了。你看一下片子就明白了,骨头之间还有缝隙吧?"

小田把带来的片子拿到亮处给他看。

"在这儿填上新骨头的话,有助于骨头愈合。"

看着片子,平野什么也没说,过了一会儿,不满地说:

"这么说,上次的手术失败了?"

"没有,这和上次的手术没关系。上次只是把零散的骨头集中到一起,仅仅这样还接不上。这次的手术是为了使骨头能完全接上。"

"可是,上次说过不用再做手术的。"

"我的意思并不是说上次做得不好,而是再做一次的话,好得更快一些。"

"不做的话,就好不了吗?"

"当然不是了,不过,大概还得半年左右……"

"还得半年?"

平野望着窗外,思考起来。

"虽说再次开刀,但还是在上次的创口上,伤痕不会扩大的。"

"再开一次刀真的会好得快吗?"

"是啊……"

"这回动完手术,什么时候能出院呢?"

"确切时间不好说,二月份左右吧。"

"二月份确定能出院?"

"差不多。"

平野抱着胳膊沉思起来,然后抬起头,神情不安地问:

"让我考虑一下。我得和老婆商量商量。"

"只要你同意,手术准备安排在下周五。"

"星期五?"

"要做就尽早,越早做越有利。"

"可是……"

"这次手术由教授亲自做。如果你同意的话,马上就和手术室联系,由最高水平的手术班子来做,所以,最好现在得到答复。"

平野摸着额头,又想了一会儿,然后说了一句:

"好吧。"

"那么,就定在下星期五。"

小田只说了这一句,就逃跑似的离开了病房。

二十分钟之后,小田结束了巡诊,回到诊疗室。

其他患者一切正常,但小田还是很郁闷。

他将巡诊的情况记录在病历上后,正打算去门诊,影山从背后拍了拍他的肩膀。

"手术的事跟患者说了吗?"

影山和小田一样,自己也有患者要做骨移植手术。

"你呢?"

"刚说完。"

影山从白大褂的口袋里掏出烟和打火机,点了根烟。

"她哭起来,说'要是再开刀,不如干脆不要这条腿了',我不知道该说什么好了……"

"这么说,她没同意?"

"是啊……"

"总巡诊的时候你可怎么办呢?"

"不知道。"

影山叹了口气,说:

"今天下午再试试看,看她那样子希望不大。"

"那教授该怪罪了。"

"挨骂也没办法呀。到时候再说吧。本来做这样的手术就不对。即便是教授的命令,如果有错误,我也不愿意服从。你说服那个开洗衣店的人了吗?"

"好不容易算同意了。"

"真了不起。"

"算了,别挖苦我了。"

"这哪是挖苦呀!医生不冷酷点就没法搞研究。像我这样一看见患者的眼泪就说不出话来哪行啊!"

"不能这么说。敢做那种手术的家伙,有损医师的名誉。我一想到这些,心里就不痛快。"

"可是,医学就是靠这样的手术进步的呀。"

"靠人体实验吗?"

"说起来,近代科学的进步,归根结底是靠人体实验啊。无论是创伤学还是消毒学,在战争后都有了飞速的进步。在战争这样异常的情况下,任何残酷的事都做得出来。这些手术给医学留下了许多宝贵的数据资料。如果没有战争的话,外科医学也许要落后很多。"

"可是,现在不是战争时期,是和平时代呀!"

"或许这时才更需要人体实验吧。"

"别瞎说了。"

"无论脑外科还是胸外科,过去都做了各种各样的实验。听说以前开颅手术和开胸手术,死亡率都是百分之百。现在完全不同了。肺结核等手术,开胸取出病灶,患者也不会死亡了。脑肿瘤也是如此。这些都是大胆地推行实验医学的结果。"

"也许是这样,但因此而牺牲的人怎么办呢?"

"不知道。正是有这些牺牲者,医学才能进步。也可以说,医学需要牺牲者。"

对于影山的看法,小田一时无言以对。

3

星期一的总巡诊是从上午九点开始的。

尽管有人批评医学部的总巡诊是前呼后拥的诸侯视察,却一直没有任何改观。至少在东都大学的整形外科情况依旧。

仍然是在教授的率领下,副教授等医师依次排列成一长串。

很多人批评说,这样做毫无意义,愚蠢透顶,可又提不出其他更好的建议。

每周一次,教授要巡视所有住院的病人,向主治医师提出问题,主治医师回答这些问题。

主治医师要为总巡诊做必要的准备,其他医师也从教授和主治医师的对话中学到东西。虽说全体医师跟在教授的后面巡诊有些浪费时间,但也并非完全没有意义。

今天也是这样的一长串人马。教授在最前面,副教授、讲师,以及十几名医师,共有二十多人尾随其后。

小号病房,队列后面的医师进不去。312号是三人房间,总算都进去了,房间里站满了穿白大褂的人。

教授巡诊时,首先由主治医师简要说明这一个星期来患者的情况,并汇报下一步预备如何治疗。教授听了,同意就点点头,有疑问就提出问题,如果发现了疑点,就做出新的指示。其间护士要将温度板拿给教授过目,上面记录了患者的体温、脉搏以及用药和注射等情况。

走进312号病房,小田先汇报了靠门边的银行分行行长将于本周三出院。腰椎间盘突出的手术后,创口愈合良好,轻度伸屈无疼痛。

可知教授看了创口后,来到了中间的病床。这位患者的右大腿被怀疑患有骨肿瘤,这个星期做了种种检查。结果在血管透视中发现了血管蛇行,一部分血管变粗,呈牵引状态。而且,酸·碱磷酸酶值相当高。

从以上情况看,首先怀疑是骨瘤类的恶性肿瘤。

"我认为有必要进行切片检查。"

教授点点头,然后回头问站在斜后方的真野副教授:

"你看怎么样?"

副教授上前一步,从教授手里接过 X 光片。大腿骨下面三分之一的地方有个一百日元硬币大小的淡淡阴影。

"好像是巨细胞瘤。"

"我不是问你属于什么肿瘤。你看用不用截肢。"

"如果是恶性的话,只能截肢了。"

"那就尽量早一点确诊。"

教授好像希望肿瘤是恶性的,好给患者截肢似的。

这样同种骨的材料就能增加。

接下来教授站在了平野一太郎的面前。

"星期五准备进行骨移植的手术。"小田说道。

教授检查了平野的腿。

"在手术之前,打开石膏,晒晒太阳为好。"

这时,平野问教授:

"大夫,一定要做手术吗?"

"做比不做好。"

"这次手术后,真能好得快吗?"

教授皱起眉头,问小田:

"你没跟他解释吗?"

"解释了。"

"再解释清楚一点儿。"

教授说完,离开了平野,又巡视了两个小病房和三个大病房后,朝 321 房走去。

安藤美那子躺在窗边第二个床位上。教授站在她面前时,主治医师影山用不快的声音说道:

"本打算做骨移植手术,可是患者不同意……"

教授瞅了瞅影山,脸立刻沉了下来。

"这么点儿事都说服不了,怎么行啊!"

"可是……"

"风间君,你直接跟她谈谈吧。"

"知道了。"风间讲师充满自信地答应道。他轻蔑地瞧了一眼教授旁边的影山,转向了下一个患者。

这天晚上,小田和影山一起去喝酒。是影山来约小田的。

两个人去了医院附近地铁站前的小酒吧。

"我真不想在大学干了。"

刚一坐到柜台前,影山就脱口而出。看来影山一心只想谈论今天的总巡诊。

"听说那个女孩子最后还是同意了。"

"听说?你不是主治医师吗?"

"连患者都说服不了,没有资格当主治医师。"

"风间把她说服了吧?"

"我在旁边听见了,真佩服。"

小田苦笑了一下，影山喝了一大口兑水威士忌。

"他说移植了这种新研制的骨头，一定会好得很快的。说瞎话一点儿都不脸红。"

"不过我也不怎么样。我跟平野也是这么说的。"

"你也这样……"

"那个老头真的相信了。要是失败了，我可怎么交代呀。"

"他肯定要恨你的。"

"我和风间是一样的人。"

"不一样。你撒谎后感到内疚，而风间丝毫没有内疚感，简直是面不改色。"

小田想起了风间那张脸。他对人总是笑脸相迎，见什么人说什么话。别人向他请教手术和用药时，他也很耐心地讲解。他头脑灵活，技术也不错，却不摆架子，和真野副教授冷漠的学究气完全不同。

可是一涉及课题研究方面，他就像换了一个人，变得非常冷静。今天就不只是冷静，而是近乎冷酷了。

"他是个很难琢磨的人……"

看上去挺随和，可心里想什么让人琢磨不透。面对这样的风间讲师，小田觉得不能掉以轻心。

"真想听听他的真心话。"

"我倒是听过。"

影山又要了杯威士忌，说道：

"风间的理论是，医学基本上就是实验医学。不存在没有实验的医学。"

"话是这么说……"

医学是靠人体实验发展进步的,前不久也和影山一起谈论过这个问题。对于这一点,小田也不能否认。可是,风间那样直截了当地说出来,让人感觉不那么舒服。

"有毒的蘑菇因为有人尝过,才知道是有毒的。正是由于有人吃完牺牲了,其他人才得了救。河豚也是如此,前面有人吃了以后死了,别人看到了,才知道了这种鱼有毒。不断有人吃河豚死去,人们才知道了河豚的肝脏有毒。正因为前面有牺牲者,我们才能放心地吃河豚。"

"就是说,平野一太郎和安藤美那子等于吃了河豚的死者。"

"当然不能说得这么明确。不过医学的进步是需要牺牲者的。有了这些牺牲者才有医学的进步。"

"上次已经听你讲过了。我也承认医学中含有实验医学的因素。可是,为什么偏要用咱们的患者呀?"

"是让咱们为难,可总得有人充当实验品呀。"

道理上是这么回事,但小田还是想不通。

"总之,风间的想法是多数决议的逻辑。假设现在为了实验医学,牺牲了一百人。确实很对不起这些牺牲者,可是拯救了一万个患者。那么一百比一万,九千九百人得救,这就是正义。更多的人幸福才是幸福。正义之举是不必惭愧的。"

"我还是觉得那些牺牲者可怜。"

"这次实验的牺牲者,并没有生命危险啊。"

"但是患处很可能会因此而化脓,使治疗期延长。患者弄不好会变成瘸子呢。"

"这样程度的牺牲也是难免的。"

"怎么,你赞成风间的意见?"

"别瞎说,我只是给你解释他的想法。"

"我知道医学的进步需要这类实验。我也没有完全否定这一点。我之所以不赞成这次手术,是觉得它没能充分进行基础实验。要进行人体实验,应该反复在兔子和狗身上进行彻底的基础实验,直到确定没有问题了,有把握了之后才能进行。人体实验是无论怎样小心谨慎都不为过的。"

"那是当然,不过人和动物还是不完全一样吧?"

"再不一样,目前的情况也太冒险了。这半年里,我们匆忙地进行了动物实验,结果并不理想。明知如此,还在人身上做实验,身为医务工作者绝对不能这么做。"

"这一点的确有问题。这次的手术虽说是教授所期望的,可我们不清楚风间怎么想。他也许并不想这么做。"

"可是从他积极地说服你的患者来看,他很上心嘛。"

"他不特别反对,但也不见得就赞成。"

两人都属于能喝酒的,可是影山的脸已经红了。

"谁知道呢!要是失败了,怎么解释呢?"

"……"

"你打算怎么解释?"

"还没想呢。"

两人都沉默了。影山望着杯子里的威士忌,咕哝了一句:

"我多半会被换掉。"

"为什么?"

"不赞成手术的人,不适合当主治医师吧。"

"上面还没这么说呀。"

"今天风间跟我说,还是调换一下为好。"

"你怎么回答的?"

"我没说话。要换就换呗。"

"我也想换。"

"你不行,因为你非常出色地蒙骗了患者。"

"你怎么这么说我。"

"对不起……"影山老老实实地道歉。

"星期五的两个手术都是教授亲自做吗?"

"教授主刀,风间是第一助手,再加上你吧。你将荣幸地成为第一次人体实验手术的成员。你应该高兴啊。"

"你就别讽刺我了。"

"可不是吗?"

"说实话,一想到这些事我就烦。"

小田看着酒杯,想起了平野那善良的面庞。

4

平野一太郎和安藤美那子的异种骨移植手术于星期五下午两点,先后在第二手术室和第五手术室进行。

前一个手术的成员是主刀可知教授,第一助手风间讲师,第二、第三助手是小田和大村。后一个手术的主刀及第一助手与前一手术相同,第二、第三助手为金田和古山。

无论是大腿手术还是小腿手术,在整形外科领域都不算很难的手术。

与手臂和手相比,腿部血管和神经的分布不太复杂,也比较清晰。

大腿和小腿骨折的话,通常有主刀等三人就足够了,这次四个人,是因为教授是主刀且第一次做异种骨移植手术的关系。

未进入手术班子的医师,也都穿上消毒服,进去见习。

真野副教授和新谷讲师也去。四个人做手术,十几个医师围观。

奇怪的是,安藤美那子的主治医师影山被排除在手术班子之外。按理说,主治医师是必须参加自己患者的手术的,否则不了解患者的状况。主治医师参加自己患者的手术,已是不成文的规定了。

影山却没参加这次手术,他既没有得病,也没有急事。

"看来教授还是在为我没能积极地说服安藤生我的气呢。"

在手术的前一天,影山很烦恼。

手术成员在头一天由真野副教授决定。一般都是综合考虑手术难易度和医师的经验、技术来确定,有时也参考医师本人的要求。

这次不同,不由分说地宣布了教授亲自选定的班子。很明显,教授有意将影山排除在外。

此外,还有一个与以往不同之处,即两个手术的第一助手都是风间讲师。

风间讲师作为异种骨研究组的负责人,参加手术理所当然,可是两个手术都作为第一助手参加,却是罕见的。

教授主刀还说得过去,但是,风间讲师参加了第一个手术,那么第二个手术就应该是真野副教授或新谷讲师参加。两个手术都是风间讲师当第一助手,充分表明了这次手术是以教授和风间讲师为主的。

"不让我参加手术,我反倒轻松了。"手术前一天,新谷讲师看着手术班子布告,乐呵呵地说。

"我可不想充当人体实验的急先锋。"

他嘴上虽然这么说,却掩饰不了被排除在外的失落感。那天晚上,新谷喝了个酩酊大醉。主治医师不参加手术,教授亲自决定手术成员名单,这些都是从未有过的。

第一个手术于下午二点十分开始。患者右下腿的创口约 5 厘米长,皮下组织呈纺锤状翻出。将创口充分消毒后,从中央纵向开刀。

切开创口至十厘米长后,将皮下组织左右分开。下腿没有什么肌肉,很快露出了骨头。

三个月前做的手术,骨折部位仍然用金属板支撑着。看上去挺结实,但这是靠金属板支撑的,并没有完全接合上,而且骨折部分的端骨呈白色的轻石状,一部分已化脓死亡。

先除去金属板,削去死骨。除掉失去活性的部分后,露出新鲜的骨面,然后在中间放入异种骨。

用于这次手术的异种骨,是用甘醇加热两个小时的牛骨。

处理牛骨的当然是风间讲师。将牛骨像桥梁一样放入断骨之间,然后在上面放入金属板固定,最后打上石膏,手术就做完了。

手术全部结束是在下午三点十分,从手术开始到结束整整用了一个小时。

教授和风间讲师只更换了手术服和消毒手套,就直奔已经做好准备的第五手术室。

影山虽然没能参加手术,但作为主治医师,不能不参加见习。

安藤的患处也是小腿,但骨折的部位比平野的患处稍往上些,大约是小腿的中间部分。

尽管属于复杂骨折,但由于骨片对得比较整齐,并且用金属板固定着,十厘米左右的创痕已经愈合,现在又被切开了。

安藤骨折部分的骨头和平野的不同,略微发黄,保持着活性。折断的骨端之间已经长出了假骨,一部分已经接合上了。

教授看了,点了点头说:

"好,去掉金属板。"

"要去掉吗?"站在后面的影山不禁问道。

教授瞪了影山一眼,开始拆除金属板。

无论是手术成员还是其他人,没有一个人说话。大家都瞧着教授拆除金属板的手和风间擦拭血水的手在忙着。

几分钟后,金属板拆下来了,快要接上的骨头断了开来,在这个空间也填入了和平野一样的异种骨。

第二个手术结束时是四点,只用了五十分钟。

"和刚才一样,打上石膏。"

教授刚一走出手术室,大家便长出了一口气。

陪着教授做手术,实在是累心,大家都生怕出错,一直绷着紧张的神经,即便是短时间的手术,也令人疲惫不堪。

手术成员给患者打上石膏后送回病房,然后去洗澡。

洗完澡回到办公室时,已经快六点了。

每次做完大手术后,大家都聚到会议室讨论手术情况,并不像病症研讨会或各科协调会那样正式,是一边喝着啤酒和威士忌,一边随意地闲聊。

在闲聊中却意外地能说出真话,在研讨会上是听不到这些声音的。新来的医师听了这些议论会得到意外的收获,能马上应用到实际工作中。这样边喝边聊到深夜,真能学到不少东西。

第一次异种骨移植手术后,办公室里也很热闹。从做手术的医师洗完澡回来的六点开始,大家打开啤酒瓶和威士忌瓶,喝了起来。今晚教授要参加医疗审议会,五点就走了,风间讲师也待在自己的房间里。

没有可顾忌的人,大家都很放松。

"大家辛苦了。"

参加了第二个手术的金田和古山也回来了,正喝着的人跟他们打招呼。

没参加手术,却早早喝了起来,大家似乎有些过意不去。

坂井和川野马上把杯子递给他们,倒满了啤酒。

紧跟着,影山也来了。刚一进门,大家一齐朝他看。

"怎么样了?"

"好歹算是……"

大家都知道,做完手术后,影山一直待在病房。

安藤美那子回到病房三十分钟后,醒了过来,一个劲儿地说浑身无力,伤口处疼痛。

影山给她注射了镇静剂和抗生药,看她睡着了,才回来的。

"跟家属说明手术情况了吗?"

"只告诉他们完成了手术。"

"先喝两口吧。"

新谷拿来杯子,给影山斟上酒。

"今天最辛苦的是你呀。"

影山听了,默默地喝干一杯啤酒。

"你那句话还行。"

"什么话?"

"你不是说了句'要去掉吗?'"

"我本来不想说……"

"其实我也差点说出来。太残忍了。那不是人体实验,简直是人体破坏。"

"断骨中间已经长出假骨了。"

"不做这次手术的话,就会逐渐接上的,其实已经开始接合了。现在又被弄断,填进异种骨。就像为了移植异种骨,把接上的骨头给断开似的。"

"太残忍了。"

在场的人都点头。的确,今天安藤的手术很奇怪。只要是进了医院一年以上的人,都会感到不对头的。

"平野倒是应该做手术,骨折部分的骨头雪白雪白的,跟死骨一样,不做手术可能就接不上了。可是,不见得一定要移植异种骨呀。即使要移植也应该移植自身骨或者同种骨。照现在这样下去,越来越难治好了。"

"能不能接得上?"主治医师小田担心地问。

"我看没希望。不过好歹平野的手术还有个名目,因为骨头接得不好,要植入新骨。这也能自圆其说。安藤可就惨了,骨头并没有什么问题,正在顺利地好起来时,骨头却被分开,填入牛骨。这除了实验还能是什么?"

"不知道当时风间讲师是怎么想的。"

"不知道。反正那家伙全听教授的。"

"风间当时也很吃惊。教授说要去掉金属板时,他拿着止血钳的手还抖了一下呢。"一起做手术的金田说。

"可是,这么一来,那个姑娘又要延迟三个月才能接好,该怎么跟她本人和家属解释呢?"

大家又朝影山看去。影山什么也没说,默默地喝着啤酒。

5

平野一太郎和安藤美那子手术后的情况一切正常。手术两天后,患处基本上就不疼痛了,也退烧了。

虽说是骨移植,但手术本身很简单。只是在原来的骨折部位填入新骨,所以手术不会给身体带来太大的负担。

平野那边由其夫人照料,安藤的母亲从做手术当天起就一直陪在医院。平野的妻子三天后回家去了。说是店里很忙,不能总在医院。

回去那天,平野的妻子到研究室来找小田。

"我今天先回家了,请多关照。"

平野的妻子是位四十岁左右的小个子女人。丈夫病了,店里的事全靠她一个人,她的圆脸上露出自信的神情。

"这回手术之后,真的会好吗?"

于是,小田给她看了手术后刚拍的 X 光片。

"你看这个片子,原先这个地方骨头短缺,现在这个地方已经填补上了。"

X 光片是隔着石膏拍的,不太清晰,填入的骨头是白色的,看上去严丝合缝。

"二月份就能出院了吧？"

"应该可以。"

"这回我算放心了。"

她鞠了一躬，把右手拿着的纸包递给小田。

"这是我们的一点心意……"

"这怎么行！千万不要这样。"

"只是想表达一下谢意。"

"不行，不行。"

小田想退给她，可是她把纸包放在旁边的桌子上就快步走了。

"这可怎么好？"小田对整理住院病历的坂井说道，"平野的太太给我的。"

"是威士忌吧？"

"做这种手术，怎么能要呢？"

"可是，人家一番好意，却之不恭啊。"

"我可喝不下去。"

小田坐在椅子上发起呆来。

安藤美那子的情况比平野要好得多。

本来创口就没有炎症，第六天就拆了一半线，过了两天，就全拆了。

虽然在同一个部位开了两次刀，但创口愈合了，也没有化脓。她能自己挂着拐杖去厕所了。不是肠胃病，一点儿也不影响吃东西。

虽然安藤已经没有必要陪护了，但她的母亲还一直陪在医院里。她在兄妹四人里是最小的，所以格外受宠。美那子特别爱撒娇，常常和母亲拌嘴,可母亲要是不在,她又觉得孤单。

"新年的时候,可以回家吗?"手术后的第二天,安藤的母亲问主治医师影山。

"估计问题不大,再观察几天看看。"

新年放假,患者能否回家,是在年底的最后一次病症研讨会上决定的。

批准患者回家的标准是,患者症状比较轻,家在东京或东京附近地区。

从大年三十到正月三日,只有五天时间,若在这段时间里病情恶化,就麻烦了。回家申请必须是患者本人提出的,如果本人没有申请,症状很轻也不能同意。

在研讨会上主治医师一一介绍病情,请示可否回家。

小田原本就觉得平野的情况不太好办,移植部位情况不乐观,创口也未愈合。

可是平野本人提出了申请,所以他将此事拿到会上讨论。

结果和预想的一样,没有通过。教授的一句"那可不行"就给否决了。

大家也觉得只能这样。

不过安藤美那子的情况就不一样了。

移植部位的肌肉已愈合,固定得也很好,而且创口闭合,不必担心化脓。只要打着石膏,回家也无妨。

"行不行啊?"主治医师影山问。

"这个女孩的腿没有浮肿,固定得也很好,应该可以吧。"

新谷讲师表示赞成。隔了一会儿风间讲师说道:

"从固定情况看好像没有问题,但年轻人活动比较剧烈。再说,同是骨移植手术,让她回去,不让平野回去,会让人觉得咱们偏心。"

"可是,他们并不知道移植的是异种骨呀。"新谷用略带讽刺的口吻说道。

风间当即反驳道:

"我觉得问题并不在于创口状态的好与坏。他们二人都是异种骨移植的宝贵的 material。让他们回家的话,出了事故就是大事了,应该慎之又慎。"

风间把患者当作研究材料,这一层意思是用 material 这个英文单词表述的。

两位讲师意见相左,影山犹豫不决,只有等待教授的裁决。教授一直衔着烟斗,估摸着该自己表态了,才放下了烟斗。

"就照风间君说的办吧。"

新谷顿时沉下了脸,风间微微点了点头,而真野副教授从始至终一直事不关己地看着窗外。

正月的病房里很冷清。年底的出院者和正月回家者走了之后,住院的患者只有平时的一半了,有的病房里只剩下三分之一病人。

平野的病房虽是三个人,但腰椎间盘突出的银行分行行长出院了,疑似患骨瘤的少年回家过年了。从年三十开始,整个放假期间只剩平野一个人。

年三十晚上,医院的晚饭是荞麦面条,元旦早晨是年烩饭。晚饭还有蒸蛋羹和简单的小吃。从有限的医院就餐费来看,这伙食已经很不错了。

正月二日,小田值班,去病房一看,平野正一个人寂寞地看电视。

"新年好。今年也请多多关照。"

平野同往常一样,恭敬地问了好之后,说:

"虽说大过年的,有件事想跟你商量一下,可以吗?"

正好假日值班,小田也不太忙,就点点头。平野说了句"对不起",整了整睡衣的领子,说了起来。

"是关于我老婆的事。三十一日晚上,她只拿来了简单的年夜饭;过了年,还一次也没来过呢。"

小田以为他要谈病情,有些紧张,没想到平野谈到他的妻子。

"今天才二日呀。"

"是的,可是,一进正月,不就应该来吗?"

"三十一日来过了,元旦觉得累,就休息了吧?"

"要真是那样也好,可是,看样子有点儿不对劲儿。"

平野立刻压低了声音:

"这种事跟大夫说有点儿不好意思,这一阵子,她来看我,待不了一会儿就走了。她把我要的东西放下,说完事,就像逃跑似的走掉了。"

"大概是因为年底太忙了吧。"

"是晚上啊,店已经关门了,没有必要这么匆忙地回家吧?丈夫在忍受着病痛,她难道不应该给我揉揉肩膀,问一句'哪儿不舒服',说点安慰的话吗?"

"倒也是。"

"我怀疑她外面有人了。"

"不会吧……"

小田想起了平野妻子那张好强的面孔。

"最近总觉得她慌慌张张的,好像心神不定似的。"

"你想得太多了吧。她尽心尽力地照料你,是个稳重的人。"

"可是我有证据。昨天我给家里打电话,没人接。一直到傍晚,打了好几次她都不在。到了晚上,好不容易回来了。我问她去哪儿了,她说回娘家了。可娘家人说她中午就走了。那么,从中午到晚上,她有五个小时去向不明。"

"是不是去神社参拜了?"

"可是她先让孩子回家了。"

"总不至于大过年的就干这种事吧?"

"还不光是这些。以前她也经常不在家,经常晚上出去,据她说是去朋友家打麻将了,不太可信。"

"你太太白天干活,只有晚上有时间吧?打打麻将也没什么。"

"可是,丈夫这么受罪,有打麻将的工夫,不应该来看看我吗?"

"从你家到这里得一个多小时,又没什么特别的情况需要过来。"

"反正我觉得可疑。前几天我告诉她正月不能回去时,她只是说'哦,是吗',丝毫没有遗憾的意思,好像还挺高兴的,而且……"

平野停顿了一下,挠挠头说:

"对不起,净说些无聊的事,因为你是大夫,我跟你说实话,三十一日那天她来的时候,我让她摸摸这儿。"

说着,平野低头朝自己的裤裆看了看。

"我住了很长时间的医院,腿虽然不好,但身体没有毛病,所以就忍不住了。"

平野又挠了挠稀少的头发。

"又没有其他的人,应该可以为我做的,可是,老婆说'这怎么行',表情很厌恶。"

"……"

"我住院已经三个月了吧?老婆也很寂寞的,她假装无所谓,竟然用轻视的眼光瞧我。"

涉及夫妻之间的事,小田不知该说什么了。

"一般的妻子,只要丈夫要求的话,就会摸摸吧。夫妇啊。可她冷漠极了,来医院也是不情愿的,所以我猜她一定有外心了。"

"你也别轻易下判断。"

小田说完朝门口走去。

"你太太也很累。你想得太多了。腿总也不好,心情焦躁是可以理解的,不过还是要互相体谅一下。"

"所以请大夫想想办法让我早日出院吧。"

"我当然希望你能早日出院……"

"拜托了。"

平野在床上向小田行了个礼。

"不要想得太多了。"

小田说完,走出了病房。

快到午饭时间了,走廊里停着送餐车。往常这个时候护士和看护来来往往的,现在只剩下重病号,所以很安静。

小田走在安静的走廊上,边走边叹气。

照这样下去,平野夫妇的关系会进一步恶化的。从今天平野讲的来看,他好像有些迫害妄想,这样发展下去的话,说不定会离婚的。

一个手术,给患者和他周围的人带来这么大影响,自己作为医师应该做些什么呢?小田越来越糊涂了。

6

和平野一太郎同一病房的船田康夫被确诊为右大腿骨瘤是在年初第一次病症研讨会上。

康夫才十七岁,是高中三年级学生。从去年夏天开始右膝附近就总感觉疼痛,入秋开始肿起来,走路一瘸一拐的了。第一次来东都大学看病时是真野副教授诊断的,怀疑是恶性肿瘤,于是让他住院进行详细检查。血管造影和化学检查的结果表明,患肿瘤的可能性很大。

"下周马上进行切片检查,根据结果判断要不要切除。"

对主治医师小田的治疗方案,大家都没有异议。

年轻人的肿瘤发育很快,一个月都等不了。医师已经将肿瘤部位的骨头切片送到病理科去了,请他们尽快用显微镜检查。检查需要二三十分钟,医师们在手术室待命,如果检查结论是"恶性"的话,就要立刻进行截肢手术。无论临床检查多像肿瘤,截肢的实施也要等待病理科的最后判定。

"股关节淋巴结还没有问题吧?"

"还不怎么肿,也不疼,考虑术后辅助放射治疗。"小田回答教授的询问。

连股淋巴结都肿了的话,就说明肿瘤细胞已经扩散到了那里,到那时候再截肢就晚了。

"好,定于下周二下午进行手术。"

小田鞠了一躬坐下来时,真野副教授发了言:

"那个患者如果截肢的话,我打算将他的腿骨作为同种骨保存下来。"

一时间,弄不清他是对谁说的,但是,他的视线是对着教授的。

"实验已经证明,即便是恶性肿瘤的骨头,距离远的部位就没有问题。"

副教授的同种骨研究组已经确认了长有肉瘤或癌的骨头,如果取远离病灶部分的骨头用于骨移植的话,是没有问题的。因此真野副教授打算将这位少年的截肢作为同种骨移植材料保存起来。

"新鲜的骨头也没有问题吗?"

"我觉得是这样,正想确认这一点。"

教授想了想点点头。

病症研讨会到这儿就结束了。小田夹着病历走出了会议室,这时副教授叫住了他。

"你那个叫船田的患者,由我主刀,可以吗?"

小田当然没有异议。手术的主刀是由副教授决定的,自然没什么可说的。

这天晚上,大伙照例又聚到会议室里闲聊起来。八点过后,大家都喝得醉意朦胧了。

"真野副教授对同种骨的研究还是没有放弃呀。"小田的脸喝得红红的。

"当然不会放弃啦。下了这么大的功夫。"

今天的中心人物是新谷讲师。

"不过,还没有冰箱呀。"

"下个星期估计就能做好。"

"真的吗?"

"昨天听副教授说的,据说是他自己掏腰包。"

"教授知道吗?"

"大概他今天会跟教授汇报。冰箱要放在研究室里,也没法藏起来。"

"这不等于是跟否定了冰箱费用支出的教授对着干吗?"

"不好说。用自己的钱应该可以吧。"

"冰箱是试制品,怎么也得花上百万吧?"

"据说得一百五六十万。"

"全都是真野自己出吗?"

"当然了,别人谁会出?"

医师们面面相觑。为了自己的研究,不顾一切地干到底,这种热情真值得学习。

"可是,教授会不高兴吧?"

"也许吧,可也不会生气的。"

"我想,真野自费买冰箱,说不定是冲着教授和风间来的。他以此来表明,人骨比牛骨和狗骨好用,异种骨的研究是歪门邪道,由截肢取出的同种骨足够用的。"

"也可以这么说吧。"

"副教授是个聪明人,虽然不说出来,但他是反对用异种骨做骨移植手术的。前几天做异种骨手术时,他只看了平野的手术,就皱着眉头,中途退出了。"

"也不应该这么从个人的兴趣出发,在同一个部门里分成同种骨派和异种骨派,教授和副教授的想法完全不同,可不太好。"

"教授和风间也对此有所察觉吧?"

"可能吧,问题的关键在于哪种研究更有益。"

"我虽然属于异种骨研究组,可是说实话,我支持副教授。再怎么说,同种骨有益于患者是有目共睹的。"

"我也这么想。"

"可是,看现在的情形,同种骨研究困难重重啊。"

"怎么会?买了冰箱,副教授正准备大干一场呢。"

"有了冰箱也许可以保存了,但是如果最终不植入人体,研究报告就没有意义了。因恶性肿瘤而截肢的骨头完全可以使用,这一点无论进行过多少次动物实验也没有说服力,还是得进行人体实验。可是纵然真野提出想要进行同种骨移植手术,教授会批准吗?"

"教授当然是优先进行异种骨实验。"

"真野是副教授,从地位上来说也是不利的。"

"但是,怎么能从一开始就规定异种骨研究优先于同种骨研究呢?"

"作为骨移植的综合研究,两个研究组是同时起步的,所以只偏向某一边是不应该的。"

"现在教授一门心思只想着要通过异种骨的研究,在学会大出风头呢。总之,比起同种骨来,异种骨成功的话,会引起更大的轰动,也更引人注目。"

"就算引人注目,也不能只顾一头啊。"

"如果必须选一个研究组的话,跟着教授是最保险的。"

"所谓大树底下好乘凉吧。"

"关键在于我们都是非主流派。"

处于同种骨研究组副帅位置的新谷,把自己看作悲剧性的人物。

船田康夫的手术按预定计划于星期二下午实施了。

主刀是真野副教授,助理是风间讲师、新谷讲师和主治医师小田。

患者被全身麻醉后,医师切开其皮肤取出一部分肿瘤,马上送到病理检查室去。

过了二十五分钟,结果出来了。

  诊断:骨瘤,整个组织充满了呈不规则变形的肿瘤细胞。散见一部分未分化的组织。

不出所料,是恶性肿瘤。

"开始吧。"看完检查结果,戴着大口罩的真野副教授说道。

新谷和小田用眼睛表示会意。

马上要进行截肢了。事先已经对患者说明了,如果是恶性肿瘤的话,就直接做截肢手术。当时,脸色苍白的少年,瞪大眼睛,使劲儿地摇头。

"要是锯掉了腿,我还不如去死呢。你们敢锯,我就咬舌死给你们看。"

"康夫。"

母亲安慰他,少年还是固执地摇头。

"不截肢的话,你会死的呀。"

"我不愿意,不愿意。"

少年最后哭了起来。母亲摩挲着他的头发,不知怎么办才好。

在手术室里,小田眼前闪过了少年那神经质的面容。现在,他被全身麻醉,昏睡着。

事后知道没有了腿,他会多么悲伤啊!可是除此之外,没有别的办法。

他在少年的大腿根系上了止血带,手术将在其以下的部位截肢,就是说,从大腿的中部以下都截掉。

刀片有三十厘米宽的锋利手术刀在少年大腿部旋转时,小田仿佛听到了少年的惨叫声。

听说少年是三姐弟里最小的。他上面有两个姐姐,只有这一个男孩。父亲是某银行的董事。少年是全家的希望之星,他在高中成绩也很优秀,本打算报考一流大学的。在小田看来,少年有些羸弱,最近这样的孩子好像越来越多了。

怎么安慰悲伤的少年才好呢?小田一边想着,一边拿起了锯下来的腿。

四点,即手术开始两个小时后,少年的手术做完了。由于中途将骨标本送去检验而等了一段时间,所以真正的手术时间只有一个多小时。

"好了,现在马上取骨。"真野副教授看着这条腿说。

"在这里吗?"

"这里比较合适。有现成的手术器械,也不用换衣服了。"

新谷瞧了一下护士。护士们的工作主要是协助手术,手术结束了就可以走了。从残肢上取骨不属于她们的工作。

"我们现在要取肿瘤标本,你们可以回去了。"新谷对护士说。

"手术器械还要吗?"

"大的不用了,只留下这几个就行了。"

新谷只留下了取骨必需的凿子和锤子、小手术刀,把腿挪到了手术室的另一边。

在这里,以真野副教授为首,他们再次开刀取出少年的腿骨。护士们以为是为了进一步检查肿瘤,而取出恶性的部分。其实,这次的目标是取出与患部隔开的健康骨头。

"这回能取不少骨头。"新谷对真野副教授说。

副教授只是点了点头,埋头取骨,

"这骨头又年轻又新鲜,移植的话,效果肯定好。"

"还必须再确认一下四周没有癌细胞才行。"

"上次的实验已经证明没有了,不用再确认了吧?"

"虽说是这样……"

大约十分钟后,护士进来瞧了瞧。

"还要很长时间吗?"

"已经完了。有事吗?"

"可以的话,我想打扫打扫手术室。"

"再等五六分钟吧。"

三个人加快速度干起来。

7

医师们从少年的残肢里取出了相当多的骨头。

肿瘤长在膝部以上十厘米的地方,有鸡蛋大小,所以膝盖以上的大腿骨不能用。

这一部分可能有肿瘤细胞,很危险。

但是,小腿和足骨没有问题。至少,到目前为止的实验证明,肿瘤细胞没有扩散到这些部位。

一般来说,肿瘤细胞是由末端向中心扩散的;如果长在四肢的话,是从病灶向肩部和骨盆移动的。这是因为肿瘤细胞是通过淋巴管和血管扩散的。由此推论,在大腿上长了肿瘤的话,膝盖以下的骨头应该是没有问题的。

这一点在同种骨研究组的实验中也得到了证实。

过去,大腿上长了恶性肿瘤,截下的残肢都是放置不用的,说句不好听的,实在是浪费。

这次,真野副教授他们取出的骨头,超过了一千克,就同种骨手术中的使用来说,是相当多的。

他们将骨头细分为小腿上部、中部、下部以及脚趾骨,分别充分清洗。

除去附着在骨头上的肉和血液之后,放入新买来的冰箱里保存。价值一百五十万的冰箱,高两米,宽和纵深都是一米左右,感觉很大。外观是灰色的,不太好看。

里面是双重构造,低温可达零下五十摄氏度,而且是完全灭菌的,由机械手存取保存物。

这是真野副教授和平田医疗器械厂共同辛苦研制出来的。在这里保存取出来的骨头。

前几天还支撑着少年右腿的骨头,被切碎保存在了灭菌冰箱的最里面。

这样,同种骨研究组获得了大量新鲜而又年轻的骨头。

以后,取出一部分骨头作为标本,确认没有肿瘤细胞的话,就能够马上用于骨移植。这种作业以前也在旧骨上做过,比较简单。

"最先使用这种骨头的,不知会是谁。"坂井一边制作骨标本,一边问新谷。

"现在的患者没有需要骨移植的,或许脊椎手术有需要的吧。"

整形外科最近脊骨手术很多。椎间盘突出或脊椎分离症等要通过手术固定上下脊骨。

这时就需要在其四周填充骨头。这种骨头以前都是从患者的骨盆取骨的,有同种骨的话,就没有这个必要了。

"要是用在脊椎手术上的话,就多了。"

"教授好像也想给脊椎固定患者移植异种骨。风间那家伙正在调查准备做脊椎手术的患者呢。"

"可是,固定脊椎的患者是接合上下脊骨,用异种骨要是失败的话可不得了。"

"这还用说。"

"用异种骨,还不如用同种骨呢。"

"现在的问题是,教授要在五月份的学会之前,得到异种骨的实验数据。"

"可这也太残酷了。"

"是残酷,可教授让这么干,没办法。"

"我觉得很奇怪,真野副教授为什么要待在这样的大学里呢?"

"怎么了?"

"只要在大学里,就只能服从教授的命令。设想再好,教授不同意也见不了光,就连冰箱也得自己掏钱买。即使保存了大量的同种骨,也没有使用的机会。这样什么时候才能实现自己的想法呢?"

"说得也是,不过离开大学也没有用啊。"

"别的医院不行吗？"

"要搞研究，最好在大学。离开大学的话，就没有当教授的希望了。"

"那么现在就要忍辱负重吗？"

"教授也承认真野的才能。像他那样的人确实适合在大学工作。只是过于优秀了，教授对他有点儿忌惮。"

"教授是不是想让真野去别的医院呢？"

"那也得有差不多的地方才行。目前还没有合适的位置。"

"公立医院的院长不行吗？"

"现在他不会去那样的地方吧。去外地也得有教授的职位呀。"

"要是真野去了其他的大学医院，我们怎么办呢？"

"咱们这些同种骨研究组的余党也跟着去吗？"

"我可不像副教授那么喜欢搞研究做学问。"

"在同种骨研究组，你也就是个小喽啰。"

"那我也太惨了。"

"不过教授暂时还不会把真野赶走。"

"因为没有合适的职位吗？"

"这是一方面，教授觉得真野还有可利用的价值。他表面上不买账，其实对真野在研究上的独创性还是很看重的。从这一点来说，现在赶他走不是上策。"

"可是，真野的意见也不太受重视啊。"

"谁知道教授心里怎么想的呀！一旦觉得真野有用的话，态度就会改变的。"

"这么说，教授想大干一番，目标是回T大当教授喽？"

"对教授来说，真野和风间都是工具。关键是谁更能为自己在学术界有所成就效力。"

"他们爱怎么争就怎么争,我只想早点儿做出学位论文。"

"真野好像正在考虑这件事。前几天还在了解谁没有学位呢。"

"那么,如果这次好好干的话,就有可能让我完成论文了?"

坂井打着如意算盘,切起刚截下来的少年的腿骨来。

平野和安藤的异种骨移植手术后,已经过了一个月了,二人状况依然没有什么变化。两个人的腿都打着石膏,无法了解骨头的情况。

几天前换石膏时,照了 X 光片,骨头是固定的,没有活动的迹象。

但是,移植骨能否和周围的骨头接合、骨折愈合了没有,暂时还无法断定。要判定异种骨和周围的骨头融合、衔接得好坏与否,还得再观察一个月。

医师只是在平野小腿创口处的石膏上开了个小口,以便更换纱布,最近,创口开始流脓。虽然还不能断定是化脓,但这种在医学上叫渗出液的液体的量越来越多。

这表示骨头里正在发炎。在动物实验中也是第六个星期左右炎症逐渐严重,这和平野的情况基本吻合。

在动物实验中,炎症持续一个月后,移植骨就会脱离四周的骨头,以失败告终。平野的情况和这一过程越来越像,令人担心。

"最近好像渗出液越来越多了。"

总巡诊的时候,主治医师小田如实向教授汇报了这一情况。

教授默默地看了看创口,亲自拿镊子夹起纱布,擦了擦创口,然后看着纱布上淡红色的液体说:

"不会是化脓吧?"

"好像不是。"

"马上化验一下。"

"把这块纱布拿去化验,看看有没有化脓。"

"换纱布也可能引起化脓,一定要慎重。"

教授的意思是,化脓与异种骨移植手术的无关,换纱布时伤口进了细菌,才导致化脓的。如果是这样,就是主治医师管理上的失误了。小田心里不满,却不能说什么。

和妻子不和的平野脸色阴沉,表情略带神经质地听着教授和小田的对话。

在患者面前不好继续谈论伤口的事,小田只是默默点点头。

然而,异种骨移植到底成功了没有呢?迄今为止,还没有人在人体上做过实验,现在只能继续观察。

321号病房的安藤美那子却非常活跃。因为没有创口,她拄着拐杖,在院子里到处走。

"大夫,已经一月底了,二月肯定能出院吧?"

虽然美那子这么问,可是还不知道手术成功没有,需要再观察一段时间。

"不着急,慢慢治疗吧。"

作为主治医师的影山只能这么搪塞。

因肿瘤而截肢的康夫,最近总算安静下来了。手术后刚从麻醉中醒来,发现没有了腿时,他曾经拼命地哭喊。

他喊叫着"我不活了",朝窗台上爬。由于闹得太凶,医护人员还一度把他绑在床上。

过了两个星期,他好像没有精神折腾了。每天呆呆地看着电视,有时还做做功课。截肢的断面愈合得很顺利,四周长出了新肉,半个月后就可以安装假肢了。

最近研制出了更加轻便的假肢,用这种假肢的话,对生活影响不是很大。

一月底,少年突然问:"我那条截掉的腿在哪儿呢?"

主治医师小田吃了一惊,尽量平静地说:

"泡在福尔马林里保管着呢。"

"能不能让我看看呢?"

"规定是不让看的。"

"再怎么说,那也是我的腿呀。"

"没什么可看的。看也没用啊。"

"可是,被锯掉的腿多孤单啊。我一想到它就觉得可怜……"

小田没有搭腔,低头包绷带。少年做梦也想不到自己的腿骨会被取出来保存,也想不到这些骨头将移植到这个医院里的其他患者身体里去。

在人们不知道的地方,医师们正进行着种种研究,几乎没有一个患者意识到这一点。

疑惑

1

一月末,在东都大学整形外科教授室里,可知教授和风间讲师正在谈话。

六点多了,隔壁房间的秘书已经回家了,屋里只剩他们俩。教授一直叼着烟斗,看着桌子上的一张纸。

"真的只有这些吗?"

纸上写着准备进行骨移植手术的患者姓名。

这个名单是风间讲师从住院患者中筛选出来的,共有五名。

"已经做了骨移植的有两个人,加上这五个人才七个人,太少了。要在学会上提交论文,至少需要二十人。"

"不光是住院的,门诊那边也查了一下,可以进行骨移植的病人都优先住院了。"

"还是不够啊,有没有别的办法?"

"如果加上脊椎固定患者的话,还会增加一些。"

"马上加进去,能增加几个呢?"

"包括椎间盘突出的患者的话,可增加五名。不过这种病症,手术后成绩的判定有一些难度。"

"这个问题以后再说。当务之急是增加病例。加上他们就有十二名了吧?"

"差不多有十三名。"

"还是不够。还有没有更好的收集患者的法子?"

骨移植一般是针对骨折后愈合不好的情况实施的。这样的患者并不是想要就有的。

风间讲师注视着窗外。午后下起的雨到了傍晚成了雨夹雪,在暮色中霏霏降落。从三层的教授室越过庭院,可以看见对面的病房。雨雪中,每间病房都亮着灯。

过了一会儿,风间讲师突然想起了什么,收回了视线。

"请兄弟医院把他们的患者转过来行不行?"

教授点点头,把烟斗从嘴里拿了出来。

"我看可以下指令,凡是有需要骨移植的患者,让他们紧急转院。"

所谓"兄弟医院",是指东都大学整形外科出身的医师工作的医院。大学医院出去的医师,有的当了公立医院的院长,也有的自己开了诊所。

"把这些患者转来的话,还可以增加十人左右。"

"那么,就有二十二三名了。超过二十名的话,作为第一次临床的数据还差不多。"

"这就需要增加床位。"

"当然是骨移植的患者优先住院了。让和研究没有关系的患者尽快出院。是不是还有一部分脑出血后遗症和半身瘫痪那样的症状稳定的患者？"

"本想让他们转到别的医院去，可是愿意接收的地方很少。"

"大学医院可不是长期疗养所。这里是治疗机构，同时也是研究机构，肩负着不断进行新的医学挑战、进行医学研究的任务，这么宝贵的病房怎么能让几年都没有症状变化的患者占领呢？"

"我们已经在尽最大可能给他们转院了。"

"312号有个截肢的少年吧？像这样的患者就没有必要一直待到装假肢呀。创口已经愈合了，就可以出院了。"

"可是那个孩子的家在横滨，比较远，而且是真野副教授的患者。"

一瞬间，教授露出了不快的神色，背过身去。

"真野也不好办啊。"

风间微微点了点头。

"据说从那个少年的腿上取了大量的同种骨。具体我也不太清楚，听一起做手术的人说，他把从残肢上取出来的骨头，保存在自己买的冰箱里了。"

"他没有向我报告。"

"好像正在寻找移植手术的患者。"

"是他决定的吗？"

"似乎打算于近期做同种骨移植手术。"

"同种骨手术没有必要使用患者。"

教授的表情很难看，将烟斗在烟灰碟里磕了磕。

"您要不要亲自和他谈一谈？"

同种骨研究怎么说也是附属于异种骨研究的。因为不便单独进行异种骨研究,才同时进行同种骨研究的。

然而,可知教授的目的完全是异种骨。作为教授,在目前这个阶段,不希望看到同种骨研究走得太快。这种心情最近越来越强烈了。

如果骨移植用同种骨就足够的话,异种骨的研究就失去意义了。现在的情况是,同时使用同种骨和异种骨时,异种骨的效果差是很明显的。异种骨不是人类的骨头,因而很不容易愈合,排斥反应强烈。比较两种人体实验结果,异种骨显然处于不利的位置。

但是,可知教授的目的是证明异种骨也完全能够供给骨移植,和同种骨几乎没有什么不同。如果二者没有差别的话,当然容易得到的异种骨就占优势了。

从这一点来说,真野副教授的同种骨研究就成了阻碍。同种骨进行了种种实验后,发现其来源有困难,效果也不太理想。这才是教授所期望的结论。

不知道真野副教授知不知道教授的本意,他一直拼命地进行着研究,还自费买了灭菌冰箱,现在又取出了年轻而质优的骨头。将这骨头植入人体的话,肯定会比异种骨的实验效果好。

"真是麻烦啊。"

说来说去,指示真野副教授搞同种骨研究的是教授自己。到了现在,因为碍事而不让他干的话也说不出口。本来只希望同种骨研究走走形式,现在却适得其反。

"这么说也许不太合适,其实真野副教授说不定很明白您的本意。"

"你是说,正因为他知道,所以才这么下功夫去做吗?"

"有这个可能……"

"就是说想跟我对着干?"

"是不是想对着干,不好说,但是自费买冰箱,又强行从少年的残肢中取骨,这些做法都不太正常。这仅仅是我的猜想,真野副教授是不是反对异种骨研究呢?"

"他是搞同种骨研究的,心情可以理解。"

"不,我是说他反对您的做法。"

教授扬着下巴,一个劲儿地吸着烟。每当教授不愉快时,都是这个姿态。

"同一个部门里有两个研究组,互相争来争去,这样不太好……"

"可是要进行骨移植这一综合性的研究课题,就需要两个研究组。"

"这我知道,但这么下去,很可能发展成研究组之间的竞争。"

教授没有回答,端起茶水已经放凉了的茶杯。

"我去沏一杯来。"

"不用了。"

教授把茶杯放回桌子上。

"总之,要尽快进行手术,增加异种骨移植的病例。"

"下周有骨折和骨髓炎患者的两例骨移植手术,您亲自做吗?"

"骨折的我来做,骨髓炎的还是你来吧。"

"知道了。"

风间讲师郑重其事地写在了笔记本上。

"那两个做了手术的患者情况怎么样?"

"才六个星期,还看不出什么变化。"

"叫平野的患者创口不干净,不会是化脓了吧?"

"细菌培养的结果还没出来,在涂片检查中发现了各种杂菌,好像不是化脓,但是创口附近出现了混合感染和异种骨排斥反应。"

"这也是难免的。"

"这在动物实验中是从第六周开始的,到第八周就会消失。"风间用安慰的口吻说道。

教授再次看了看手术患者名单,说:

"最好避免那样条件不好的患者。那个女孩子还好吧?"

"术后恢复顺利,创口状态也良好。"

"判定成功的依据,仅仅是 X 光片还不够吧?"

"可能的话,加入临床观察以及移植部的病理意见就差不多了。"

"可是,这就需要再一次切开移植部位呀。"

"那个女孩子再开一次刀也不碍事的。"

"已经做过两次手术了,再做一次吗?"

"她做了两次手术,创口呈疤痕瘤状。就说手术是为了去掉疤痕瘤就行了。"

"有道理……"

教授半吃惊半钦佩地瞧着风间,忽然又不安起来。

"可是要取骨制成标本,就得取移植成功部分的骨头呀。"

"从无关紧要的地方取就可以了。"

有这么头脑灵活的弟子真是个依靠。教授终于放下心来,吐了口烟,换了个话题。

"今年妇产科的川合教授要退休了,继任的竞争也很激烈。"

"吉川教授应该有希望吧?"

"很难说。据说院里和同门会方面推荐远藤讲师。"

"我也听说了。同门会已经做出决议了吗?"

"吉川好像人缘不行,有的医师说,要是他当教授就辞职。"

"可是教授一般都是教授会决定的。"

"话虽如此,那么多人反对的话,教授会也很难推选了。你也要注意这一点。"

"我还差得远呢。"

如果可知教授回 T 大的话,教授之位自然就是真野和风间二人之间的竞争了。

教授看到了这一点,做出支持风间的姿态。风间明知如此,却表示自己无意当教授。一切都是虚虚实实,但教授对风间比对真野要抱有好感却是事实。至少在现阶段,风间对教授来说,是有能力的弟子。

"那么,妇产科结果会怎么样呢?"

"川合教授好像推荐吉川,目前是势均力敌。"

"还是吉川副教授比远藤讲师要优秀,论文也多。"

"从做学问上来讲,吉川要强一些,但往往不完全看这些。"

"在同一个部门里竞争,真烦人。"

"教授也有不对的地方。前任教授事先决定了继任者,就不会有麻烦了。"

"那倒是。"

风间点点头,他的眼睛熠熠闪光。

2

因右大腿恶性肿瘤而截肢的船田康夫的父亲,对手术提出质疑,是在手术一个月后的二月的第二周。

康夫的父亲先去找的主治医师小田。他在银行工作,所以说话还是很客气的。

"多亏了你们,康夫下周就能出院了,非常感谢。"

他先客套了一番。康夫的试用假肢在下周就做好了,装上后就可以出院了。

按说,装上试用假肢后应该继续在医院观察一个月,到了可以安装正式假肢时再出院,可是,按照教授的指示必须提前出院。

"以后,最好半个月到医院来检查一次。"

"装上这个假肢以后,截肢面的肌肉会因稍稍紧绷而消瘦,可能会有不合适的感觉,适应后才装正式假肢,所以不必担心。"

"创口不会开绽吧?"

"缝合的地方不会开绽的。但是,接触假肢的部位可能会出现擦伤或浮肿。如果出现了这种情况,不用等到半个月,请随时到医院来。"

"我明白了。真让你费心了。"

他又深鞠了一躬后,平静地说道:

"这么问也许不太合适,我想问一下有关孩子截下的残肢的情况。"

"你想问什么?"

"是否完好地保存着呢?"

"所有的残肢都用福尔马林保存着。"

"是真的吗?"

"怎么……"

"实话实说吧,我听说我儿子的腿在手术后被切开,骨头被取走了。"

"这是谁说的?"

"我只是听说。这种事绝对不可能发生吧?"

"这个……"

"我也不相信大夫会做出这种事,可是……会不会是用于研究呢?"

"研究?"

"听说是将我儿子的骨头植入别人的身体。要是为了这个而截肢的话,那可太遗憾了。"

"这是绝对不会的。怎么可能给不该截肢的腿截肢呢?你也知道,康夫腿上的肿瘤有拳头那么大,从片子上你也看到了,他的骨头已经损坏了。病理分析也诊断是恶性肿瘤,有需要的话,我可以给你看看病理诊断书。"

"我并不是怀疑大夫们。正如你说的,这孩子的腿除了截肢外没有其他办法。只是一想到截掉的那条腿被分解,连骨头都被取出来,心里就难受。不至于连因长了瘤子而腐烂的腿骨也要取出来吧?"

"不会的。"

康夫的父亲缓缓点点头。

"能不能让我看看那条腿呢?"

"……"

"如果保存着的话,只要看一眼也是个安慰。孩子也说想看看那条腿现在怎么样了。"

"保存截肢是为了研究,不是为了给患者看的。到目前为止,从来没有给患者看过。"

"对不起,这么说,不是你个人可以决定的了?"

"也有这个关系。"

"那么跟谁说好呢?"

"这不是跟谁说的问题。请问你是听谁说的呢?"

"可以不告诉你具体的名字吗?"

"那个人亲口对你说,你儿子的腿被取骨了吗?"

"我刚才也说了,关于这件事,还请原谅。"

他又低了一下头,说道:

"总之,只要能让我们看看腿,我和儿子就相信你的话。"

"你儿子也知道这件事吗?"

"不知道,要是跟康夫说了,他准得疯了。"

当得知截肢时,这孩子还拖着疼痛的腿,跑到窗户前,要寻短见呢。如果他知道了自己的腿骨被用于研究的话,还不知会做出什么事来呢。

"这样要求的确让你们为难,但还是希望能让我们看一眼。虽说是传闻,可既然听到了,就总是惦记着,心神不宁。"

康夫父亲的用词虽然很客气,却不轻易罢休。

"请务必答应我的请求。"

"请等一下。"

小田换了一口气。

"我明白你的意思了。刚才我已经说过了,这件事我做不了主。我和领导商量之后再给你答复吧。"

"什么时候给我答复呢?"

"今天不太可能,我会尽快的。"

"我等你的回音。"

和少年的父亲谈完话,小田直接去了副教授办公室。今天下午没有手术,真野副教授正在写论文,见小田来了,马上把他让到了沙发上。

"刚才出了件怪事。"

小田一坐下,就把康夫父亲说的话叙述了一遍。

在小田说话的时候,真野副教授没有插话,一直默默地听着。

"就是这么一个情况,你看怎么办?"

小田这么一问,副教授这才微微点了点头。

"看样子他父亲挺固执的。"

"表面上低姿态,其实相当……"

"既然腿已经没有了,就只能拒绝了。你说呢?"

"是这样,可是……"

"就对他说,大学医院规定不准看截下的残肢。"

"这么说会加深他的怀疑吧?"

"不管他怀疑还是不怀疑,没有了就是没有了。从来没有这样的先例。"

"我也是跟他这么说的,可是他说,儿子要是知道了,会受不了的。"

"如何处理截下的残肢,是医师的职权,没有患者和家属说三道四的份儿。这是医师的自由。"

"可是……"

"没关系的。"

副教授的口气很强硬,说完朝窗外望去。副教授的玻璃镜片在阳光下闪闪发亮。

"可是,这到底是谁跟他说的呢?"

"……"

"手术后,知道在手术室取骨的都是咱们整形外科的人。充其量只有参加手术的三个人和同种骨研究组的人知道。"

副教授没有说话,点燃了一支烟。副教授很少抽烟,只是偶尔抽一支,所以拿烟的姿势显得有些笨拙。

"医师是不会说出去的,可能是参加手术的护士吧?她们进来收拾手术器械时,看见我们取骨了。"

"她们为什么要告诉少年的父亲呢?她们没有动机呀。"

"这么说,有人有告密的动机了?"

"一般人会这么想。"

"会不会是护士们闲聊的时候说漏了嘴,话传到患者父亲的耳朵里了呢?"

"即使看见取骨,对护士们来说,也不算什么新鲜事啊。"

"那就只能是医师了。"

"你说的没错。"

"难道您怀疑是医师吗?"

"我也不想怀疑呀。"

"您是说咱们这些医师里有人偷偷把这事告诉患者父亲了?"

小田看着真野副教授。副教授白皙而匀称的侧脸显得有些凄凉。

"他们为什么要这么做呢?"

"我也想知道。"

"我真不敢相信。谁也没有告密的动机呀。"

"要是那样当然好了……"

"您估计会是谁呢?"

"估计不出来。"

"那么会不会是您多心了呢?"

"我也希望是这样。"

"我不认为告密对谁有利。"

"可是,有人会因此而倒霉。"

"您说的倒霉,是指同种骨研究组……"

"得利的人呢?"

"您该不会认为是异种骨研究组的人告了密吧?"

"……"

"即便是异种骨研究组,也没有那么坏的家伙。给同一个部门的研究使绊子,简直不可想象。"

小田自己是异种骨研究组的,所以不愿意听。

"请您不要这么说。"

"你放心,我并不是怀疑你们。"

"不是我们的话……"

小田压低了嗓门儿:"难道您怀疑风间讲师……"

小田盯着副教授,真野的脸上浮出了微笑。

"风间不至于做出这种事吧?"

"我也不愿意这么猜想啊。"

说完,真野把抽剩的烟蒂轻轻地按灭了。

3

少年船田的父亲找小田的一个星期后,真野副教授被可知教授叫到办公室里。

"有点儿事想跟你谈谈。"

教授和副教授两人单独谈话的时候很少。关于学会的准备和部门的人事,一般都是教授、副教授和讲师一起来商量的。

刚听到教授找他,副教授觉得一定与少年船田的事有关。他进了教授房间,教授把桌子上放着的一封信递给了他。

"这封信送到我这儿来了,请你看一下。"

不知什么原因,可知教授对真野说话很客气。

按说教授完全可以用命令的口吻讲话,可是对真野却一直比较恭谨。真野有才气、无可挑剔是一方面,可知教授从T大来的时候,真野已经是讲师了,也是两人"相敬如宾"的原因之一。

依照惯例,当教授换人时,副教授、讲师等成员都要随着变更。原有的资格老的人不好领导,被领导一方也会感觉不舒服。

在可知教授到任的同时,原来的副教授和讲师们就离开了,只有真野留了下来,并当上了副教授。真野有才华,一向我行我素,和原来的教授也不太亲近。冲着这一点,可知教授把真野留下了。

可是,现在看来,其特立独行的态度多少有些碍事了。医院的体制一变,所有的医师都对教授唯命是从,只有真野一个人还是那种独往独来的姿态,不像风间和世本那样顺从随和。再加上最近有些人开始受真野的影响了,比如新谷讲师和同种骨研究组的许多人。

真野既不对教授,也不对下面的人左顾右盼,只专注于自己的工作。他不喝酒,看上去不太好亲近,但请教他问题时,他却非常耐心。在整形外科里,真野的崇拜者也出乎意料地多。虽然他和圆滑世故、很有人缘的风间讲师不是一个类型,也正因为如此,真野副教授才更值得大家信赖。

可知教授对这些隐约有所察觉,对真野也就不禁客气了几分。

真野副教授把信装进信封里,放回桌子上。信的内容和小田前几天说的一样。少年的父亲见主治医师没有回音,就给教授写了这封信。

"不予理睬也可以,可要是传到外面去就麻烦了。"

教授还是叼着那个烟斗,悠然地吐出一口烟,说:

"看来确有其事了?"

"关于这事,前些日子跟您说过的。"

"我是事后才知道的。"

教授对以事后报告的形式得知从截下的残肢上取骨这件事似乎有些不满。

"作为同种骨的研究方针是已经确定了的。"真野也不示弱。

从截下的残肢上取骨是在研讨会上确认下来的,现在又因为没有报告而怪罪他,实在有些莫名其妙。

"这也没什么,只是这封信要是泄露出去可就麻烦了。"

"可是,这件事怎么会传到他父亲的耳朵里呢?知道这件事的只有咱们部门的人和护士,而护士应该不知道我们在干什么。"

"我也觉得奇怪,但是已经泄露的事,现在说什么也于事无补啊。"

"是的,可难道不应该认真追查告密者吗?"

"怎么追查呢?"

"对咱们部门的人一个一个地询问行不行？或者直接去问那位父亲。"

"你怀疑咱们的人吗？"

"我并不想怀疑，但这样下去的话，弄不好连异种骨实验也给泄露出去了。"

"你想说什么？"

"我认为还是小心为好。"

真野毕竟很老练，反过来利用这封信，暗示异种骨的实验也可能会有人告密，以此来牵制教授。如果异种骨的人体实验泄露出去的话，事情就不这么简单了。万一上了报刊，他连教授的地位都难保了。

"这事以后会调查的，当务之急是怎么回复这封信。"

"前几天，主治医师小田也跟我说过这件事，我认为没有必要理睬。"

"可是，泄露出去怎么办？"

"因恶性肿瘤而截下的残肢，一律由医院保管。它并没有被随便扔掉，或被人偷走，而是用于研究了，所以用不着听患者说三道四。"

"按理说是这样，可看这封信的口气，很可能会泄露出去。"

"即便泄露出去，就说是为了研究使用的，也不违法呀。不置可否就行。"

"是啊。"

教授靠在椅背上，抱起胳膊。

万一取骨的事泄露出去，被追究责任的不是真野副教授，而是教授。尽管没有直接做手术，但教授是部门的最高负责人。

"光琢磨也没有用,你还是去和他父亲见个面,解释一下吧。"

"怎么解释呢?"

"完全是为了研究才这么做的,伤害了你们的感情,非常抱歉。只要说这么一句,对方就会谅解的。"

"这不等于承认我们干了坏事了吗?"

"不用想得那么复杂。事到如今,对方也不会再索要那条腿了,只是感情上难以接受罢了。"

"我不打算道歉,请允许我这样解释,请求对方同意将截下的残肢用于同种骨的实验。"

"那还是由我来写回信吧。"

教授失望地叹了口气。

进入二月份后,频繁的异种骨实验开始了。

从门诊和各地方医院转来的十二名患者优先住了院。有骨折后恢复不好的,有骨头没接上就安装了人工关节的,还有准备做脊椎手术的,各种各样的情况都有。

这些患者的手术从二月初到二月中旬陆续进行。

被移植的骨头都是经过甘醇处理的,为了进行比较,分别给他们移植了用一百摄氏度的高温加热两个小时的骨头,和用二百摄氏度的高温加热五个小时的骨头,共两种。

接受手术的患者从二十岁到五十岁都有,四五十岁者居多。

年龄越大骨头越不好接合,所以,上年纪的患者占多数也是很自然的。

但医师们还是尽量从中选择年轻一些的人做手术。即使同样移植异种骨,也是患者越年轻效果越好。在学会发表论文时,实验的结果不理想就不好办了。

这种年龄的差异,在第一次做手术的平野和安藤身上就显示出来了。

美那子骨折的地方一点儿也不觉得疼了,当然这和没有创口也有关系,从 X 光片也可以看出,在异种骨的周围长出了新的骨头。

可是,平野却一直恢复得不好,非但如此,最近创口还开始化脓了。

主治医师小田不断地给他清洗创口,并直接注射抗生素,还是止不住流脓。

不光是表面,里面肯定也化脓了。

"大夫,怎么老治不好呢?"

每次巡诊时,平野看着伤口都要问他。

如果揭开创口上的纱布,脓见少时,他就高兴得像个孩子,脓增多时,他就闷闷不乐。

"求你了,快点治好吧。"他总是双手合十着说。

小田却觉得他像是在讽刺自己。

一太郎最近瘦了许多,住院时丰满的圆脸,现在凹陷了下去,肩膀也变尖了。因骨折而住院的患者由于不活动,一般都会长胖,而一太郎却减了七公斤,特别是第二次手术后,瘦得非常明显。

大概是住院时间太长引起的焦躁不安,加上与妻子的不和,导致一太郎这样消沉吧。

妻子去年是每两天来医院一次,过了年后是每三天来一次,最近一周左右才来一次,而且是放下带来的东西,马上就走。

"再待一会儿吧。"

对一太郎请求她好像没听见似的。

最初,她可能不是有意这么做的,但由于丈夫的猜忌心太强,才渐渐疏远起来。

现在看来,说她有了别的男人,也不完全是一太郎的臆测了。

加上他自己的病又总不见好,甚至还恶化了,想回家也回不了,妻子和孩子又都不愿意来看他。在这种状况下,一太郎的神经日渐紧张起来。

"别太着急,慢慢治疗。"小田总是这样安慰他。

可是,这种安慰近来越来越没用了。

"大夫,你总说别着急,你真的想治好我的腿吗?"在二月底巡诊的时候,一太郎突然发问。

"当然是希望你尽快治好病出院了。"

"可是,哪见好啊?每天都流脓,而且越来越多了。你到底打算把我怎么样啊?"

"……"

"你不会是和我老婆串通起来了吧?"

"瞎说什么呢!"

"你听我老婆的,尽量不治好我的病,延长我的住院时间,让我的腿溃烂,让我变成残废。"

"平野……"

旁边的护士斥责一太郎,可他继续说道:

"你们勾结起来耍弄我,拿我当试验品!"

也许是越说越亢奋,他突然一拳捶在了床头柜上。上面放着的茶杯都掉到地上,摔碎了。护士慌忙按住了他,一太郎仍然晃动着上身。看护室又赶来几个护士,十分钟后,他才安静下来。

但是,一太郎还不停地叫唤着:

"快给我治好!笨大夫,快给我治好!"

小田赶紧离开了病房。

一太郎的神经症相当严重,再发展下去的话,也许该转到精神科病房去了。

真难办啊……

不过,一太郎喊叫的"拿我当试验品"这句话却是说对了。

正如他所说的,他的确是试验品。他对骨移植并没有特别的知识,却本能地感觉到了,这令小田不寒而栗。

4

二月底之前,东都大学整形外科接收的骨移植手术患者共计十九名。其中,骨折后遗症的十名,需要进行脊椎固定术的七名,因骨瘤而需要进行骨缺损修复的两名。

虽然离二十名的目标还差一名,也算过得去了。当然,人数够了,结果是否成功是另一个回事。

接受手术的患者都是半个月拍一次 X 光片,详细跟踪临床症状的变化。

现在看来,骨折后遗症的患者术后康复情况都不太理想。

以平野一太郎为首,有五人出现了久不愈合以及化脓的症状。有四人虽然没有化脓,治疗却丝毫不见进展。

最顺利的安藤美那子也只能脚轻轻着地,没有拐杖就走不了路。

与之相比,脊椎固定术后进行骨移植的患者情况良好。

七人中已有两人出了院,三人借助腰箍能坐起来。还没有发现一例化脓,但这并不能断定手术成功了。

一般说来,脊椎固定术的目的是增加脊椎骨与脊椎骨连接的稳定性,但这不是绝对的。其实脊椎骨之间即使接不上,也不会像四肢骨折那样走不了路或不能活动。

仅仅是三十几个脊椎骨中的一部分有问题,即便手术不成功,也没有生命危险。

其实,出院的两个人的移植骨也未必完全接合上了。

因为移植的骨头像桥梁一样稳稳地跨在上下两个脊椎骨上,觉得没有问题就让他们出院了。很难说这移植骨将来会不会因为与周围的骨头不融合而脱离或被吸收。

骨瘤移植手术也存在着相同的担忧。骨瘤分为恶性的和良性的。像少年船田那样恶性的骨瘤,必须切除;良性的只需摘除肿瘤,在其空间填入新骨即可。由于使用的是异种骨,这种骨头说不定什么时候就会脱离或被吸收。

更严重的问题是,骨折的患者,由于异种骨与周围的骨头不融合,有可能在患处再次发生骨折。由于这一危险的存在,即便伤口愈合了,也不能马上出院。

因此,每个病例都存在着一些问题,至少在三月份,还没有一例可以断定是成功的。

三月的第一个星期五有每月一次的病症研讨会。会议从八点开始,十点结束。会上出示了所有骨移植患者的 X 光片,大家就此进行了讨论。

说是讨论,大家只是在看这些 X 光片,并没有提出意见。

即使有意见,在教授和风间讲师面前也不能说。要是说了,对方一问"那么你说怎么办",就没法回答了。

异种骨移植对整形外科来说是个新课题,只能走一步看一步。因为原本就是实验性的手术,所以失败也在预料之中。

问题是如何再确认进行骨移植后的情况。

移植后的情况可以通过 X 光片来详细追踪。

根据 X 光片虽然能掌握大致的情况,但归根结底,X 光片仅限于对骨头的观察。

实际移植的骨头情况怎样?患处四周的反应如何?为什么会化脓?如果不再次做手术打开来看的话,这些情况就无法确认。

情况良好的病例最好能做成幻灯。

当然,院方对骨移植的患者一律都说的是因手术而好转。患者并不知道这是实验。

面对这些人,怎么好张口说要再次打开看看里面的情况呢?

最好是查看所有的患者,实在不行就从良好的和失败的患者中各选两三个来开刀查看。

首先被列为候选患者的是安藤美那子。她作为良好的代表案例是非常宝贵的,实验者当然想要将这一病例的移植部分,包括移植部分的显微镜检验等数据写入学会论文。

美那子的创口呈疤痕瘤状,于是他们决定以这个名义再次开刀看看里面的情况。这是头脑灵活的风间讲师的提议。

另一个上臂骨折的二十三岁的青年也被提了名。

作为失败的例子提出了平野等五六个人。这部分案例与其说要写入论文,更重要的是为了重新检查恶化的部位,作为今后骨移植的反省材料。

要给这些人再次做手术,按理应该对他们说"进行了骨移植,可是不成功",但是,在手术之前已经对人家说了这次手术一定能治好,现在就不好这么说了。

又是风间讲师想出了好主意,即一律说成是"做排脓手术"。

失败的病例无一例外地化了脓,说是"稍微开个口子,把里面的脓挤出来",患者应该不会有什么意见的。这么说还有一层意思,化脓的直接原因在于移植骨。正是由于给人移植了动物的骨头才化脓的。因此为了治疗化脓,最简单的办法是去除移植骨。说是排脓,其实是摘除移植骨。

这样一来,脓自然就止住了,又能检查移植骨的变化,可谓一箭双雕。

当然这只是做实验的医师的想法,对患者来说,没有丝毫益处。

骨移植之后,再次进行排脓手术,骨折仍未治好,这段时间,患者只是活受罪,空耗时间而已。

平野一太郎的情况就是这样。他的创口非常糟糕,因长时间打石膏而枯瘦如柴的腿依然在流脓,而且创口很大,弄不好会进一步恶化,扩大化脓的面积。本想检查一下里面的情况,但目前只能保持现状。

会议最后的结论是,选出良好的代表两例,恶化的代表两例,再次进行手术。

当天晚上,在办公室里照例聚集了年轻的医生,喝酒聊天,好不热闹。

教授和副教授都回家了,风间讲师也外出了,大家无所顾忌地谈论着。

"照目前的发展,实验结果的论文能在五月份的学会上发表吗？"最先提出疑问的是同种骨研究组的坂井。

"要是全部失败的话，论文发表也没什么意义。"

"怎么是全部失败呢？也有安藤美那子和上臂骨折的青年那样成功的病例呀。"影山反驳道。

虽然影山也反对这次实验，但他自己是异种骨研究组的，又是美那子的主治医师，不愿意被人说手术失败。

"她并不是靠着异种骨移植才好的呀。不用移植她也能好的。应该说，骨移植延误了治疗才对吧？"

"她年轻，骨头愈合快，可也不能说骨移植一点儿意义也没有啊。"

"根本没有意义。证据就是异种骨完全处于孤立状态，而且在逐渐变小，快被吸收了。"

"光看X光片很难断定的。"

"就算骨移植有意义，可做了那么多次手术，花了那么多钱，浪费了那么多时间，实在得不偿失。其实那孩子不治疗也能好的。上臂骨折的青年也一样。本来的状态就不错，恢复当然好了，和异种骨有什么关系呀！"

"那你在会上为什么不说？"

"算了，算了，别吵了。"

见两个人越吵越厉害，新谷劝了起来。

"我不想吵架，只想说句心里话。"

"这我知道，可影山有影山的立场。"

新谷喝干了杯里的啤酒。

"这是实验，无论教授还是我们，都是第一次做这类手术。教授也考虑到会出现的困难，所以不能简单地认为成功了就对，失败了就不对。"

"可我觉得这么说不合适。这不成了不管成功还是失败都没关系了吗?"借着酒劲儿,坂井还是不依不饶。

"既然做手术,当然谁都希望成功。可是,这种实验手术往往伴随着失败。"

"这是医师这方面的说法吧?对做手术的医师来说,成败倒没什么影响,可被实验的患者怎么办呢?"

"你让我怎么说好呢?"新谷为难地摸着胡须。

"医学就是具有实验性的一面。抛开了这一面,医学就没有进步。"

"我不否认这一点。可是如果不得不做人体实验的话,也应该充分进行基础实验,等到有把握了之后再说。这次人体实验太快了,或者说太仓促了。"

坂井说到这儿,电话铃响了。靠近电话的小田站起来接了电话。

"什么?"

一瞬间,小田提高了声调,大家都朝他看去。

"知道了。马上就去。"

放下电话,小田声音颤抖地说:

"312号的平野一太郎死了。"

"什么?死了……"

"说是从屋顶上跳下去自杀的。"

"哪个楼?"

"刚才有人看见他趴在下面的水沟边上……"

所有的人都从微醉中清醒了,全都站了起来,紧接着,一个接一个地跑下楼梯,冲出了大门。

看见穿白大褂的医师全都往外跑,路过的人都奇怪地瞧着他们。

今天是个没有月亮的夜晚,微风暖融融的。

从正门出来往东跑,拐过楼角,再往南去,这条挨着护士宿舍楼的小路上行人很少。从拐角过去一百米左右的地方,有五六个人影,有人手里拿着手电筒。

"情况怎么样?"

小田最先赶到,看见地上趴着一个人。右腿上的石膏已经破碎了,白色的粉散了一地。

5

平野一太郎的遗体立刻被担架抬到医院地下的解剖室去了。

不用解剖也知道,死因是从楼顶坠落下来的全身摔伤。

医院马上通知了在荻洼的一太郎的家人,他的妻子和孩子很快赶来了,他们抱着遗体光是痛哭,什么话也没说。

为什么会自杀呢?在他的床铺和随身用品中没有找到遗书。

问他的妻子,她也说不清是什么原因。

根据同病房的患者和他的妻子的叙述,可以摸出个大概。

近来一太郎有些神经质。他住了这么长时间医院,病情丝毫不见好转。他还惦记着店里的事,又猜疑妻子与别人通奸,既担忧不能工作,又怕因此被妻子和孩子抛弃。这种不安折磨着一太郎。

据旁边床铺的患者说,这一个星期来,几乎每天晚上他都在床上叫唤"我完了,没救了",白天有时呆呆地瞧着窗外,有时又猛地把头往墙上撞。

主治医师小田见他的精神问题越来越严重,曾建议他去精神科看看,可是他说"我很好",不理睬小田的建议。

不久,他就自杀了。

早点儿强迫他去看精神科就好了。现在说什么也晚了。

虽说他自杀的直接原因是精神问题,但久治不愈而产生的绝望无疑是导致自杀的间接原因。从没有遗书这一点来看,自杀很可能是突发性的狂躁造成的。最近这段时间一太郎的表现,完全具备自杀的可能性。五十岁出头的男人更容易患更年期抑郁症。

没有多加防范是医院方面的疏漏,然而,说实话,主治医师小田和护士们都没有想到他会自杀。虽说他近来过于神经质,可作为一家之主,谁都以为他不会那么做的。

再说,他还打着石膏,腿脚不便也使人们放松了警惕。像他这样,怎么可能爬到楼顶去呢?

现实却是一太郎上了楼顶,并翻过铁丝网跳了下去。

医院是七层楼建筑,有电梯通到楼顶。楼顶上面有晾衣场,谁都可以自由出入。不光是看护和护士可以到那里去,患者也经常去那里晒太阳。

一太郎也在护士的陪同下,坐着轮椅到那里去过两三次。

这次好像是一太郎靠步行车自己上去的。

他离开病房的时候,大概是傍晚五点左右。

旁边床铺的患者以为他去上厕所了,也没放在心上。到了六点,见他还没有回来,有些担心,便告诉了护士。可当时白班和夜班刚交接班,别的病房有个肋骨骨折的重病号,所以护士没来得及认真去找。

一个小时以后,护士才想起来,正要去病房时,守卫打来了电话,说是发现有位裹着石膏的患者死在下水道旁边。

如果六点的时候马上出去寻找的话,也许还来得及。

守卫六点半去楼顶锁门时,上面没有人。这就是说,平野一太郎是在六点半之前从上面跳下去自杀的。

然而楼顶上四面都有水泥墙围,墙上面还有铁丝网。且不说腿脚不便的人,就是健康人也是不太容易翻越过去的。

查看了一下铁丝网,发现其东头破了一个洞。这个铁丝网已经装上三年了,有的地方破损了,有的地方生了锈。一太郎好像早就知道这里的铁丝网坏了,他大概是把这个地方捅开后,翻滚下去的。

在翻越水泥墙时,一太郎的断腿一定很疼,但是,对已经决意去死的人来说,恐怕根本不会顾及那些。

总之,现在再怎么追究原因也救不活死者了。

在患者的管理和屋顶铁丝网的安全性上,医院方面的确有疏漏,但不至于因此被追究责任。自杀说到底是个人的意志,个人的问题。

一太郎的妻子也没有责怪医院,只是请求"让我最后看看他的脸"。可是,尸体是面朝下摔到地上的,已经摔得面目全非了。让家属看这样的惨相,反而有些残酷了。医院出于这样的考虑,把他的脸用绷带缠了起来。

医院将摔烂的肉尽量归拢起来,给他进行了整容。

尽管如此,还是无法给家属看。

小田费尽口舌,好不容易才安抚好哭泣不止的妻子。

"你真傻呀。"

妻子仍旧不死心地摇晃着一太郎包着绷带的头。

一太郎生前曾认定妻子与别人有染,可是,看他妻子那悲痛欲绝的样子,完全不像那么回事。由于住院时间过长,妻子的态度是显得冷淡了些,但她对他的爱并没有变。

"都快治好了,怎么会死呢……"妻子呜咽着不住地念叨。

旁边上中学一年级的长子,端正地坐着,他那忍着不哭出来的样子,更令人心酸。

"你扔下我们,以后的日子可怎么过呀!"

妻子又一次摇晃着一太郎的肩头哭喊。忽然,她想起什么似的回头看着小田。

"杀死他的是你们,是你们大夫!"

在她的怒目下,小田低下了头。

"你们老是说,'快好了,快好了',可是一点儿也不见好,反而越发恶化了。他是被你们当成了玩具折腾死的!"

"妈妈……"儿子拽了拽母亲的袖子。

"就是这些大夫把你父亲杀死的!你一定要记住!"

孩子听了母亲的话,反倒哭了起来。

和家属见过面,小田回到了办公室,大家都默默地坐着。

"怎么样啊?"坐在正中央的新谷,喝着啤酒问。

"她说丈夫是被大夫们杀死的。夫人情绪很激动。"

"被大夫们杀死的……"新谷重复了一遍,喝干了杯子里的酒。

"她说得没错,你是怎么回答的?"

"没回答……"

"是啊,什么也回答不了。"新谷自言自语地说了好几遍。

"终于有一个患者被骨移植害死了。"

"你这么说,打击面太大了吧?"影山不满地说。

"确实是因为骨移植延误了治疗,但不至于死啊。"

"这只是我们的想法。如果站在病人的角度,就不那么简单了。"

"要是那样,我们不就成了杀人犯了吗?"

这时,风间讲师推门进来了。看样子是听说了平野一太郎自杀的消息,从外面火速赶回来的。只见他西服革履,右手拿着个黑皮包。

"平野的尸体在哪儿?"

"刚刚从解剖室移到太平间去了。"小田回答。

风间一听,微微皱起了眉头。

"移过去了……"

"怎么?"

"骨移植的那条腿怎么样了?"

"摔到了水泥地上,摔断了骨头,现在包上绷带了。"

"那么现在马上运回解剖室。"

"干什么呀?"

"当然是取出骨移植部分的骨头了。"大家都吃惊地望着风间讲师。

"现在还来得及,赶紧去……"

"可是,刚运到太平间去。"

"理由还不好找吗?就说是骨头摔断了,需要做个整形,不就行了?快点去呀!"

小田不情愿地站了起来。

"光想着自杀了,把研究都给忘了。"风间自言自语着,走出了房间。

大家怔怔地瞧着风间穿过走廊。这时,坂井叹了口气说:

"真是与众不同啊。比起患者的自杀来,骨头更重要。"

"平野的骨头作为研究失败原因的样品,是绝对要留下的。"

"可是他就没有考虑到死者本人的心情和家属的悲伤吗?"

"这并不是想没想到的问题。因为他这个人对这类事情根本就不关心。在他眼里,患者全都是实验材料。"

"真不是一般人啊。"

新谷又斟满了一杯酒。

"这才是一流的学者呀。"

"那种人再优秀,我也反感。"

"我也不喜欢。"新谷点着头说。

这时风间换上白大褂回来了。

"影山君,现在要取骨,你帮个忙。"

影山慢慢站起来,其他人都不说话。

"我先过去……"

风间讲师刚要走,新谷叫住了他。

"风间,平野的太太说她丈夫是被大夫杀死的。"

风间露出吃惊的表情,转而微微一笑。

"这可真有趣。"

"你觉得有趣?"

新谷比风间高两届,所以直呼其名。虽然他在研究业绩方面不如风间,但前辈毕竟是前辈。

"可不有趣吗?"

"你说什么?"新谷一步跨到了风间的面前,"你再说一遍。"

"我说有趣呀。"

话音没落,风间的左脸就挨了新谷一个巴掌。啪的一声脆响,回响在医院的夜空里。与此同时,矮小的风间身体一踉跄,靠在了门上。

"新谷大夫……"

大家慌忙上前劝解。

新谷冲着站立不稳的风间叫喊着:

"医院里有你这种人,就好不了!"

风间捂着被打的左脸,站了起来,什么也没说就走了出去。

平野一太郎的尸体被医师从太平间运回了解剖室。

理由是摔坏的部位有一部分未修复。

家属的意见是,既然已经打了绷带就算了。于是风间又强调会从伤口处开始腐烂,说服了家属。

从高处跳下全身摔伤的人,全身会出现多处创口。有的人还会腹部皮肤破裂,内脏外流。一太郎虽然摔得没那么厉害,但胸部和腰部的皮肤也开裂了。

太平间和解剖室相隔一条走廊,所以移动起来很容易。

结果,除了小田以外,影山、金田等异种骨研究组的成员帮着解开一太郎的绷带,当然只是打开右腿的绷带,别的地方不用动。

风间讲师只对一太郎的右腿感兴趣。

近半年一直被裹在石膏里的右腿的皮肤,像枯木一样干燥,啪啦啪啦掉下来。

原来的创口因撞击而开裂,渗出了血。

风间讲师从创口的中央下刀。已经死了的人的腿上,没有流出一滴血。他切开最粗的血管,也只能看见断面凝固的黑血。

重新接骨是很简单的事。切开四周的血管和肌肉,就露出了骨头。移植骨就像轻石般雪白,用手一碰就轻轻颤动。正如预料的那样,骨头没有接上。

风间讲师注视了这个地方一会儿,然后拿起了骨锯,切割移植部分。

吱啦吱啦的电锯声在深夜的解剖室里回响。

小田悄悄看了一眼风间讲师的脸,由于戴着大口罩,看不清整张脸的表情,只见细长而冷漠的眼睛投向移植部位。他的左脸微微发红,大概是刚才被新谷讲师打的。

挨了打后,风间讲师什么话也没有说,默默地走出了房间。表面上看起来风间讲师没占上风,但他绝不会就此罢休的。

当小田想到这儿的时候,电锯的声音停止了。以移植部分为中心,上下各十厘米的骨头被切了下来。风间讲师像抱着宝贝似的小心翼翼地把这些骨头放进了解剖台旁边的标本瓶里。

"可以把它缝上了。"

说了这么一句之后,风间讲师就拿着标本瓶走了。

剩下的三个人面面相觑。

"他可真是个研究虫啊。钦佩,钦佩。"金田说道。

小田没搭腔,用缝合器缝起伤口来。

6

新谷讲师被教授叫去,是一个星期之后的一天中午。

吃完了午饭,教授站起来,很随意地说:"新谷君,来一下。"

教授的样子很随意,所以新谷也很轻松,可是,当新谷从教授办公室回来时,却脸色苍白。

"怎么了?发生了什么事,脸色这么难看?"

"这个嘛,"被坂井一问,新谷不好意思地笑了笑,用破罐子破摔的口气说道,"我得辞职了。"

"真的……"

"教授让我走人。"

"这怎么可能?教授亲口说的吗?"

"他说为我找好了固定的地方,问我愿不愿意去。"

"是哪儿啊?"

"S市的中央医院。"

"S市?"

"差不多吧。"

"去当院长吗?"

"不,是外科主任。"

"真胡闹。您在大学医院已经当了讲师,却到那种地方去,还只当个外科主任?太过分了!"

医师在大学的医院里,经过一段时间的锻炼,能够独立行医时,一般就会到地方医院去。大家管这叫"固定",即固定在当地的医院工作的意思。许多医师或自己开诊所,或在地方医院留下工作,直到退休。

为医师寻找固定地方是教授的工作之一。各地方医院需要医生时,也会来拜托教授介绍,于是,教授会在大学医院的医师中物色合适的人选。一般是根据毕业的年头和个人的能力来决定固定去向，也可由教授随意指派。

当然，给自己的得意弟子分配理想的去处，将不顺从自己的弟子分配到偏远医院的情况也并非没有。这次新谷讲师去的地方，就是个人口不足三万的S市某医院，简直和左迁差不多。按常规来说，如果在大学医院是讲师的话，去S那样级别的医院，至少也应该是院长或副院长。

"那你就该拒绝呀！"

坂井一想到自己一直信赖有加的前辈，被发配到那样的地方去，就满肚子的气。

"既然是教授意思，也没有不服从的理由啊。你一向可不是这样啊。好好干吧。"

坂井说归说，教授只要提出了固定医院，问你"去不去"的话，就没有不去的余地了。

当然也可以借口个人的原因加以拒绝，但在医院里也不好待下去了。至少，当教授再次提出固定医院时，就必须得接受了。要是实在不愿意去的话，就只能走自己开诊所这条路了。

虽然不像公司那样明确地下调令，但被问到"是否去别的医院"时，其话外音就是"你该离开大学医院了"，就是说"总社已经不需要你了，去分社干吧"。不接受这个安排，还继续赖下去的事，一般的人可做不出来。

"唉，我已经是恶贯满盈了。"

"让您什么时候走啊？"

"说是四月份。"

"那没几天啦。"

"还有半个月。"

新谷怔怔地瞧着袅袅上升的烟圈。

"早晚有这一天,我现在倒轻松了。"

"可是,这也太过分了。为什么像您这样努力工作的人,要到那样的地方去呀?"坂井说到这儿,压低了声音,"说不定是因为和风间吵了一架了吧?"

"谁知道呢……"

"您别装糊涂了。风间把挨打的事跟教授说了,所以教授把您……"

"别乱说。"新谷嚷道,一拳砸在桌子上。

"我无所谓。"

"可是,这么突然让您走,可见……"

"即便是这样,我也不愿意那么想。我不愿承认自己输给风间。"

见新谷的脸色变得很难看,坂井不再吭声了。沉默片刻后,新谷忽然笑着说道:

"偶尔去农村散散心也不错啊。那边空气新鲜,又能提高高尔夫球球技。"

新谷的笑容很勉强。

进入四月后,骨移植的实验到了最后冲刺阶段。

距离五月中旬的学会还有不到一个月的时间。在此期间要备齐研究报告的草稿以及数据、幻灯片等资料。这一年来,尽管同时进行了同种骨和异种骨的研究,但在这次学会上,只发表异种骨的研究成果,这是教授的决定。

同种骨研究不在学会上发表,据教授说,是因为如果两个都提交的话,会给人重点不突出的印象。

这的确是个问题,可这是从研究一开始就明摆着的事啊。

教授还说,如果现在发表从截肢的残肢取骨的成果,会刺激船田的父亲,惹麻烦。可这是被人告密才发生的事。虽然后来少年的父亲没再说什么,而那封信却使得同种骨的研究很难进行下去了。

总之,同种骨的研究速度因此不得不放慢了许多。

听了教授的解释,真野副教授没有说话。

"教授那么不讲理,他竟能憋得住。"

看到这种情形,坂井倒气不过了。

"看来,我们成了试验牡马了。"

同种骨研究组的其他成员也七嘴八舌地发起牢骚来。

"现在只有异种骨研究组的成员才是人。真不知道真野想什么呢!"

"简直是稳坐钓鱼台呀。"

"他本来就不敢反抗教授。"

"他要是反抗的话,就会和新谷一样被放逐的。"

"看来副教授也怕这一手。"

只有高松说:

"不过,我相信真野。"

"你凭什么相信他?"坂井反问。

"我也说不清,但他不是一个会轻易退缩的人。表面上他不像新谷那样直来直去,但很有弹性和韧性。虽然在教授面前不反抗,并不等于停止研究。"

"可是,这么下去跟停止研究有什么区别?"

"不会的。咱们可以和以前一样继续做下去呀。"

"又不能在学会上发表论文,研究有什么用呢?"

"不论能不能在学会上发表论文,有意义的研究早晚有一天会见天日的。"

"说这些没有用。我们还想早点获得学位呢。被教授这么压下去,能得到的也得不到了。"

"我知道,别着急。真野副教授一定会为咱们想办法的。"川野也安慰道。

可坂井还是坚持自己的看法:

"看他今天的态度,是指望不了了。要是新谷在就好了。"

新谷已于四月初去了S市的医院。

"也不知新谷现在怎么样了。"

"S市的雪也许还没融化呢。"

虽说新谷在学问上没什么成就,却像个兄长,缺少了新谷的寂寞感,随着时间的流逝而愈加强烈了。

学会

1

学会定于五月黄金周过后第二个周的周五至周日,在东京涩谷的 S 礼堂召开。

全国的学会一般都有三千名以上的医师齐聚一堂,所以小会场是坐不下的。

这次,东都大学整形外科提交的论文是《异种骨的实验及临床研究》和《对脑出血患者的训练疗法》两篇。后一篇是康复部门的世本讲师从去年就开始写的疗法研究的论文,没有什么新意。只是将过去的训练结果归纳整理而已。

这次东都大学整形外科论文的重心,不用说,是关于异种骨的研究。

学会前一个月,学会总部给所有会员寄送了学会简报,上面登载了这次学会上提交的论文题目、发表者、共同研究者以及论文内容概要等介绍。出席学会的医师们要事先阅读这个简报,选择感兴趣的课题，准备相关的提问。

虽然学会每年召开一次，但论文数量还是在逐年增加，都发表的话，三天也发表不完，所以三年前成立了论文筛选委员会，所有论文都要经过委员会的过滤。一般来说，大学医院或地方医院提交的论文大多会被采纳，少则一篇，多则两篇。

而中小医院或私人诊所提交的论文很少被采纳。因为筛选的标准不完全取决于内容的优劣，主持的教授及院长的势力起到很大的作用。大学医院的教授提交的论文，基本上会无条件通过。

尽管如此，论文还是过多，便分为主会场的第一会场和小会场的第二会场，并将未被选入会场的论文，在走廊以壁报的形式发表。

简报中称，异种骨研究在第一会场，脑出血论文在第二会场。像东都大学这样两篇论文都被选上，分别在两个会场发表的情况还算说得过去。要求再高点的话，两篇都在第一会场，只是脑出血这一课题过于一般，也只好这样了。脑出血的演讲者是世本讲师，他一直负责康复部门，所以非他莫属。此外，铃木和仓泽也署了名，他俩一直都在协助世本讲师进行研究。

异种骨方面，演讲者是风间讲师，他作为研究的真正负责人是名正言顺的。在署名次序上，最前面是教授的名字，共同研究者有小田、金田、木村、古山等异种骨研究组的六名成员。

"这是怎么回事？"

看到简报，最先表示不满的是坂井。

"怎么没有影山呢？"

大家一看，果然上面没有一直在异种骨研究组奋战了一年的影山的名字。

"大概是漏了吧?"小田小声问道。他见有自己的名字,却没有同事影山的名字,有些不安。

"怎么可能呢?这个简报肯定是风间写的,经过教授确认的。一向精细的风间应该不会漏掉组员名字。"

"很明显是风间在捣鬼。就因为安藤手术时,影山曾经反对过,所以被排除了吧。"

"……"

不用坂井说,大家也觉察到了。

"我们这些同种骨研究组的人被排除也就算了,这么对待一起工作的同组同事太过分了!影山虽然反对这次的实验,可工作很认真。动物实验的时候,也是每天晚上留下来帮忙的。"

"我没关系的。"影山苦着脸摇摇头,"我早就知道会这样。安藤手术的时候我反对过,所以才没有我的。"

"那不是你的责任啊!你是在为患者说话呀!"

"大家不要为我担心。我本来就不打算参与这个研究,没有也无所谓。"

"可是,成为这项重要研究的成员不是件坏事呀。可以增加一篇共同研究的论文,对取得学位也很有用的。"

"被排除在外,我更高兴。我才不愿意搞这种杀人研究呢。"

"哎,怎么这么说呀。"一直没说话的小田说道,"你这么说太过头了吧。"

"难道不对吗?"

"你也太偏激了。"

"咱们自己别吵了。"坂井过来劝解。

"不见得被署名就好,没被署名就不好。问题是风间的做法。"

"其实,不让我署名的也许是教授。自从那次巡诊以来,教授就戒备起我来了。"

"教授不会想这么多,还是风间干的。"

"这也是没办法的事。我谁也不恨。"

影山故作冷静地掏出烟塞进嘴里,却塞反了,慌忙掉过来。

"按说同种骨研究组的人也应该署名的。大家为了这次学会都一样在拼命地干。这次学会的幻灯片和数据的统计也都是我们帮着做的呀。"

"没错。"小田打着边鼓。

"这次连副教授的名字也没有。真野副教授被排除在提交学会的论文成员之外,还是第一次。"

"真野大概也不满吧?"

"当然了。可是他很聪明,什么也不说。"

"今天,他也是自己一个人把冰箱里的同种骨取出来捣碎呢。"

"这就叫'走自己的路'吧。"小田自言自语地说。

已经是晚上八点多了,天渐渐黑下来。要是在往常,现在正是喝得起劲儿的时候,可是自从新谷走了以后,就没有那个热闹的气氛了。

过去新谷的位置,在形式上由小田和坂井接替了,却差了许多。

"不过,这次论文发表也够难的。"小田突然冒出这么一句。

"今天看了简报,我很吃惊。结论部分写着:'异种骨应用于人体后,取得了良好的成绩。'这简直是胡说八道。"

"简报就是这样,只要能吸引人就行。"

"写简报时应该是三月初,当时以为会顺利的吧,可是那么写也太大胆了。"

"我想是教授吩咐的。"

"先不说是不是教授吩咐的,如果没有把黑说成白的自信和胆量,恐怕也当不上教授。"

"可是,政界和实业界是不一样的。科学的世界里干这种事,早晚会露馅的。"

"教授大概早已考虑到这些了。以后其他人用和我们同样的方法进行异种骨移植失败时,才发现这个方法原来不行,但已经过去很长时间了。即便知道是失败的,由于是首次给十九个人移植了异种骨,也可以宽容一些。第一次做的事情,在学会里都会引起轰动的。"

影山也弄不清楚教授和风间到底有没有想到这一层。

"反正,已有的数据中也有七例能够证明算是成功的吧。"

"哪七个例子呀?"

"安藤美那子和右上臂骨折的患者,还有脊椎固定的五名。"

"开什么玩笑!安藤只是没有化脓而已,根本没见好。做不做骨移植都是一样的。右上臂骨折的青年也是一样。脊椎固定的五个人,无法判定有没有效果。脊椎原本也不是活动量很大的部位,不固定也不太影响活动。"

"可是,前几天风间讲师给判定为'优'。"

"是不是只能判定为'优'呢?"

"哪里。分为'优、良、可、不可'四个等级。"

"就是说,'优'是七个人了?"

"不,是九个人。还包括造假关节和右肘骨折后遗症的病例。"

"那两个病例不是都还打着石膏吗?"

"因为没有化脓……"

"只要没有化脓就全部是'优'吗?"

"也不是。按风间制定的标准,移植部位没有化脓和炎症,移植骨附着良好,和周围完全愈合的是'优';'良'也差不多,是愈合得稍慢的病例;'可'是虽然没有化脓和炎症,但愈合得很慢,异种骨一部分被吸收的病例;'不可'是出现化脓或炎症,异种骨成为异化物的病例。"

"那么,应该全都是'可'和'不可'呀。"

"你这么说也太过分了。"

"安藤虽然没有化脓,骨头接得并不好。看一看新拍的片子就知道了,异种骨已经开始被吸收了。"

"那只是在和周围愈合的过程中出现的吸收很像吧。"

"不一样,真野副教授也是这么说的。"

"可是风间判定为'优'啊。"

"所以说,没有把黑说成白的胆量是不行的。"

影山不吭声了。小田的话的确很难反驳。这次的判定给人感觉确实有些轻率,可也并不像小田说得那么随意。

"想想看,风间也挺让人同情的。"

"为什么呢?"听小田的口气突然九十度大转弯,影山反问道。

"他又不是傻瓜,对这次实验的失败,知道得很清楚。"

"既然知道,为什么还这么轻率呢?"

"轻率不轻率不好说,反正他现在只能跟着教授的指挥棒转。教授让他找出好数据,就只能去找。既然进行了实验,就不能说失败吧。"

"可是,结果不理想,教授应该知道呀。"

"当然知道了,所以两个人才一起撒谎嘛。"

"这样行得通吗?"

"关键是两个人都心照不宣才行。"小田一口喝干了杯里的酒,小声说道。

"像我这样嘴上没把门的,早晚也得和新谷一样的下场。"

2

向学会提交的《异种骨的实验以及临床研究》的演讲稿和幻灯片是在学会召开的前一天完成的。

这次学会在东京召开,幸亏近还好办,要是远的话,就麻烦了。会场离东都大学很近,所以才能直到最后一天还在更换幻灯片。

这一个月来,异种骨研究组成员为整理数据、制作幻灯片常常忙到深夜,就连难得的五月黄金周都没有休息。

在这期间,同种骨研究组成员也没闲着。

异种骨研究组为了准备学会材料而顾不上临床,为了补缺,他们承接了门诊和手术。虽说不在一个组,却同在一个部门,总不能袖手旁观。

尽管如此,像这样直到学会召开的前一天还在准备材料的情况,在学会的历史上也是绝无仅有的。几乎没有参会团体在临近学会召开的时候,还在更改演讲内容和幻灯片。

在出简报的时候,就必须决定论文的概要,即使不是全部,也要掌握大致的情况,才能在简报上写出结论性的内容。

异种骨小组在得出实验数据之前,就在简报上写出了异种骨实验成功的内容。尽管写得不那么具体,只是含糊地写了"取得了很理想的成绩",但这也算是个大胆的表现了。

没有看到实验的最终结果,就写出了结论性的内容,胆量也够大的。

但是,这么做有这么做的理由,因为等到出了结果再写就来不及了。真正开始人体实验是在去年年底。简报只写"进行了异种骨人体实验"的话没有什么力度。既然写研究概要,就要有一定程度的结论性内容,以此来吸引会员的注意。夸大广告在不动产行业是很正常的,而这,便是学会里的夸大广告。

其后的实验结果即使不好,也不能说"失败了"。

如果这么下结论,对觊觎下任T大教授的可知教授和想接替他的位置的风间讲师来说,就是致命的了。两个人从一开始就认定异种骨的人体实验会成功——无论如何也要使其成功。

其自信的根据只不过是动物实验中获得的有限的结果,有些取得了较好的效果,便开始期待移植到人身上的成功了。不言而喻,人比动物要复杂得多,患处也更容易化脓,特别是像内脏移植那样涉及种属特异性和免疫性等问题的部位,其差异很大。

明知这样,还要挑战人体实验,这不能不反映出可知教授和风间讲师的急切之心,哗众取宠的急功近利之心。

果然,实验结果不令人满意。在全部十九例中,具有一定异种骨移植效果的只有安藤和那个上臂骨折的青年,除此之外,就没有了。除去难于判定手术效果的脊椎固定外,其他手术几乎都失败了。

要掩盖这些不好的结果、犹如获得成功似的来演讲,当然是难上加难了。

起初,从大家按照患者的病例上记载的症状和X光片检测整理出来的结果来看,优两例,良五例,可六例,不可六例。

风间讲师改写为优三例,良八例,可五例,不可三例。

他把它拿给教授一看,当头挨了通批评。

"你就拿这么差的数据到学会上去发表吗?'可'和'不可'一共八例的话,不就等于一半失败了吗?这样的实验有什么意义呀!"

可这是实验的真正结果。其实在给教授看之前,风间讲师已经做了手脚了。

"是不是片子的问题呢?"

"半个月内拍的片子,全部进行了详细比较。"

"片子的判定是很不清楚的。"

教授并不怀疑风间讲师对 X 光片的读解能力,他应该是非常信赖他的。可是,他见成绩不好,心里有些不满。

"判定标准也有些问题。呈现骨头吸收像,并不等于会导致移植骨的异物化,也可能因与周围的骨头生长愈合而被吸收啊。"

"为避免这样的错误,我是结合四周长出的假骨情况综合判断的。"

"虽说是假骨,固定不好就会活动。在其刺激下,会长出更多的假骨,所以不能单纯以吸收像来判定'可'和'不可'。还有,也不能笼统地说是化脓。化脓要分清是异种骨移植引起的,还是外部感染引起的。异种骨经过了高温甘醇处理,其本身是不会化脓的;如果化了脓,要考虑其他混合感染的因素。"

"这方面也充分考虑到了,最后范围缩小到因异种骨的排斥反应而出现的化脓。"

"总之,这样不行。再研究一下。"

风间顺从地点了点头,退了出来。

教授对这一结果不满意,风间早就预料到了。也难怪,把这样的结果拿去发表,会让人家笑话。

可以说,风间讲师是明知会挨教授的骂,还把数据拿给教授看的。

说实在的,尽管风间讲师进行了这次实验,但他心里也清楚,将异种骨植入人体为时尚早,应该多进行一些基础实验,在仔细研讨骨头处理法的基础上,再投入使用。这次实验太仓促了。可是,直截了当说出来的话,会让教授为难,自己也不好办。

虽然提出异种骨实验的是教授,但推行这一实验的却是风间自己。事到如今,他怎么也说不出"失败了"这句话。

尽管如此,数据不理想是严酷的事实,无论怎样掩饰也是没有用的。

教授虽然是总指挥,却没有实际进行实验,所以不知道实验的辛苦,只知一味地埋怨,认为数据应该更理想。

教授真够舒服的,躺在床上偶然想出一个主意,便命令下面的人去干,自己不脏手,研究出来的数据不好就发脾气。这样任其摆布,可怎么得了。

话虽如此,对这次实验的数据必须进行紧急修改。

大家再一次对所有病例的症状和 X 光片进行了复查。同时重新核对了动物实验的数据,并修改了判定标准。

现在重新进行实验已经来不及了,干脆改变判定标准,使"优"的数量增加才是捷径。

这种不正当的事,有的人干得了,有的人就干不了。

真野副教授绝对干不了。即便是教授的命令,他也会用"干不了"来顶撞。从这一点上看,风间讲师则具有灵活性,说得难听点,他善于见风使舵。

因为教授的一句话,大家再次埋头整理起数据来。

将幻灯片展示的 X 光片和病理标本中好的部分放大,重新制作,同时修改演讲稿。

这个工作开始于学会开始前十天。异种骨研究组的全体成员都放弃了休息,埋头于病例和照片堆中。

随着学会召开的日子的临近,教授也常常很晚才走。也许他是在阅读有关异种骨研究的文献,有点儿临阵磨枪的意思。有时看累了,教授会在夜晚突然出现在研究室里。

"辛苦啦。"

看见大家正忙着查阅病例、制作幻灯片,教授满意地点点头。

"瞧见我们吭哧吭哧地干活,教授才这么高兴吧。"风间嘲讽地说。

大家听了都笑起来。

只有风间能说出这种话来。听起来是在批评教授,其实他和教授关系之密切,没有人不知道。

至少在表面上,他和教授、同事的关系都不错。这也正是风间不可小觑之处。

学会前四天,第二次修改的数据完成了。

这次是优六例,良八例,可三例,不可二例,比原来的成绩好了许多。风间讲师对这次的数据也很有信心。谁知教授的态度仍然是否定的。

"'可'和'不可'一共五例的话,还是不行啊。"

"不过,这二例里包括死了的平野……"

"不能因为死了就必须是'不可'呀。"

"那倒是……"

"他虽然化了脓,但从解剖的结果看,异种骨与周围的骨头接得还算是好的。化脓也开始好转了,对吧?"

"是有一些好转。"

"总之,'不可'意味着完全失败。即便有,也只能限于一例。"

"……"

"还有,'可'三例也多了点。最多二例。"

"可是,确实是三例啊。"连风间讲师也顶了教授一句。

"因为是在学会发表,不能太多。"

就像是从一开始便定下了基调,为此而拼凑数据似的,与结论不符的数据一律舍弃或改写。

"失败例只能有一例,光出示照片和病理标本就足够了,其他的就不必举了,你会有办法的吧?"

教授的意图很清楚:为了在学会发表论文,数据可以适当地歪曲。

"总之,要达到'可'二例,'不可'一例,还要再增加一些'优'。"

"明白了。"

事到如今,风间讲师已无话可说。只能按照教授所希望的那样改写数据了。一不做二不休……

在这些方面,风间讲师想得比较简单。实际上,到了这个地步,烦恼也没有什么用。

眼前最要紧的是如何度过学会这一关。

从当天晚上开始,全体总动员,对数据进行复查并修改幻灯片。

就这样,终于得出了教授所期望的实验结果和演讲稿。这时已经是学会前一天的晚上十点了。

"累死了。"

大家疲惫不堪地喝着啤酒。

"咱们到底都干了些什么呀?"

"不就是在捣鼓数据吗?"

"早知这样,就不用搞这一年的实验了,从一开始就编数据不就得了。"大家随心所欲地说着。

风间听了站起来说:

"大家辛苦了。咱们现在去喝酒。今天我请客。"

大家你看我,我看你,慢慢站起来。

3

召开学会的S大厅,从涩谷站出发,要走七八分钟。

虽然这个建筑物不太高,也比较旧,其中央大厅却常常用于音乐会等演出。这个大厅就充做此次学会的第一会场。

东都大学的研究成果在第一会场发布,预定于大会第二天上午十一点。

演讲时间分为十分钟和七分钟两种。大会给了《异种骨的实验以及临床研究》十分钟。在第一会场的十分钟演讲,除了专题报告和特别演讲外,是本次学会最受重视的成果发布了。

这一天上午九点,学会准时开始,由于回答问题耽误了些时间,到了东都大学发布成果时,已经是十一点二十分了。

担任会长的T大的藤本教授做过介绍后,风间讲师走上了讲台。可以容纳二千多人的大厅里座无虚席,甚至有人站在最后面。

第一会场的,尤其是第二天上午的成果发布都很受瞩目,所以来了很多医师,对异种骨的人体实验结果,会员们都很有兴趣。

被会长点名后走上讲台的风间讲师脸色十分苍白。

其实,风间讲师已经是第二次在学会发表论文了。前年是真野副教授演讲的,去年和今年都是风间讲师演讲的。

虽然刚开始他的表情有些紧张,但大厅灯光熄灭,中央屏幕上映出了幻灯片时,风间讲师镇定下来,用其特有的清晰口齿和流畅言辞讲解起来。

除了两个留下值班的人外,东都大学整形外科的所有医师都出席了。

此外,离开大学去了地方医院的固定医师以及自己开诊所的前辈也都赶来了。

风间首先讲述了异种骨移植的研究历史,然后解说了作为基础实验的牛骨甘醇处理,以及去除蛋白成分的过程。

这些都是一边放幻灯片,一边进行解说的。

最容易听清楚的语速据说是每分钟四百字,播音员播送新闻的语速与此相近。尽管配合幻灯片,但每一页至少停留十秒到十五秒为好。在有数字和表格这样复杂的东西时,据说每页需要停留三十秒左右。

当然,在撰写讲演稿和制作幻灯片时,他们就已经考虑到这一点了。

用幻灯片演示了异种骨的处理法之后,风间讲师讲解了可以从血沉反应弱这一点,来判断异种骨的蛋白成分基本被去除。

接下来，他讲述了在狗和兔子身上进行的动物实验结果。演示了 X 光片和组织标本以及移植的过程，然后说明这些实验都取得了令人满意的成绩。

到此为止，过去了六分钟，接下来就要进入关键的人体实验的成果展示了。

风间讲师深吸了一口气，开始说明临床实验的情况。

他首先说明了十九位患者的病症，之后报告了移植的部位以及手术经过。

然后他用幻灯片将骨移植手术的方法、移植后的创口状况以及对 X 光片的观察等若干项一一进行了演示。研究组的成员一眼就知道是哪个患者的。每个创口都很干净，X 光片的效果良好。因为都是选择愈合好的制成幻灯片，效果好是肯定的。

然而，在其他人眼里，所有的病例仿佛都和这里演示的一样成功似的。

接着他出示了唯一的失败病例，即平野一太郎的移植部标本。风间解释道，一度出现过化脓而妨碍了异种骨的附着，后来逐渐好转。当然，他没有提及患者自杀的事情。

一般来说，列举了一个失败的例子，反而给人留下了这是一场很有良心的报告的印象。

他在举出了各种病例的经过及判定标准之后，汇报了最终的结果。

"实验结果是优九例，良七例，可二例，不可一例。"

与此同时，出示了将结果归纳为表格的幻灯片。

"由以上结果可以确认，根据本处理法进行的异种骨移植，在人体应用上取得了很好的成绩。今后，异种骨移植作为代替自身骨移植和同种骨移植的有效方法,可以应用于临床。"

风间讲师讲到这儿,停顿了一下,

"我们相信这一成果为异种骨的利用开辟了一条新路。谢谢大家。"

说完,他鞠了个躬,又向会长致意后,收起了讲演稿。

会场的灯光又亮起来。会长环顾着会场,问道:

"对刚才的报告有什么提问或补充吗?"

一瞬间,会场上静了下来,中央第十排一带有人立刻举起了手。

"请发言。"

被会长点到后,这个人走到了舞台一侧的麦克风前面。

他先介绍了自己是大阪附近市民医院整形外科的浦野医师。

"我对刚才的报告非常感兴趣。不过,我以前在大学时,也用同样的方法处理过异种骨,并进行过一例人体实验。遗憾的是,开始时看起来好像附着了,但从第四周开始出现了炎症,第六周开始化脓,最后只好取出了异种骨。虽然这是仅有的一次经验,但我感觉,从第四周至第六周是排斥反应的高峰,你在实验中没有发现这样的情况吗?"

风间等对方说完,点了点头,抬眼看了看天花板答道:

"我们的病例中也有一例类似的情况,也是第六周开始化脓,判定为'不可'了。究其原因,比起排斥反应来,似乎更像是在切开石膏时由于创口感染而引起的炎症。的确有一个这样的病例,关于这个问题,今后要进行详细探讨。"

提问者似乎还想问点什么,却点点头坐下了。

紧跟着又有一位医师举起了手,是名古屋某私大的副教授。

"这的确是一个很有魄力的研究,非常令人钦佩。"

副教授先说了这么一句,便凑近麦克风说道:

"从照片上来看,异种骨似乎依然保持着原形,都没有与周围完全愈合,那么,请问判定'优'的根据是什么呢?"

风间讲师皱了下眉头,这个提问触及要害,但是风间讲师立刻镇定下来,侃侃而谈。

"不错,最终的结果应该是异种骨和周围完全融合,在 X 光片上愈合之后才能判定为'优',但这需要近一年的时间,而且异种骨又不一定要像同种骨那样完全愈合,就是说,它具有补足缺骨、填充空间的意义。从这一点上看,经过八周以上,固定较好,且没有排斥反应也没化脓的话,我们认为将这样的情况判定为'优',应该是没有问题的。"

提问者点了点头,接着问道:

"国外的文献上有这样的记录:'从第十周开始,异种骨出现异物化,从移植部位游离。'关于这一点,你们是怎么看的呢?"

"我们的病例最长的追踪了十五周,没有发现一例这样的异物化倾向。因此,到了八周时,没有出现异常的话,就可以认为成功了。"

"可以了吗?"会长问提问者。

"谢谢。"提问者鞠了一躬,走下了台。

"还有人提问吗?"

没有人举手。

会长对风间讲师表示感谢:

"这是个创新的、非常有意义的研究成果报告。辛苦你了。"

风间讲师郑重地回了一礼,走下了讲台。

这天晚上,学会结束之后,小田、坂井、影山三个人和从 S 市来的新谷一起去新宿喝酒。他们去的地方,是新谷还在医院时常去的西口的一个小酒吧。

"你听了今天风间的报告了吗?"刚在木凳上坐下,新谷就问。

"真不得了,居然明目张胆地撒谎。"

"能那么撒谎,就很不简单呢。"

坂井和影山也憋不住了。

"那可是全国顶级学会呀。"

"听那家伙讲解时,我真想举手提问呢。你们医院真的只有一例化脓的病例吗?是不是光选择愈合好的 X 光片和手术后的彩色照片呢?优、良、可都是后来编出来的吧?"

"要是这么问了,风间会怎么回答呀?"影山兴奋地问。

"那家伙脸皮厚,肯定是一笑了之呗。"

"如果说'我曾经在你手下工作过,知道这些都是虚假的',会怎么样……"

"那就穿帮啦。"

新谷大口地喝着威士忌。

"可是,那两个提问都相当尖锐啊。"

"前头那个大阪的医师说他做过人体实验吧?"

"大阪的 N 大曾经搞过的,他大概是那个时候的研究组成员吧。他倒是很诚实,老老实实地说做过一例,却失败了。"

"他可能觉得奇怪:处理法相同,怎么东都大学会成功呢?"

"或许他从一开始就持怀疑态度呢。"

"风间的回答很冷淡。对人家的提问,只回答我们的结果很好,却没有说明理由。不过,他也没法回答,确实有问题嘛。"

台前有八个圆凳子,右边还有一组客人,看样子不像搞医的。

新谷又喝了一口威士忌,说:

"后面那个提问者问得很到位,我以为风间回答不上来呢。真不愧是风间啊,只是稍稍停顿了一下,回答得滴水不漏……"

"这也让你佩服?"

"实在答得太妙了。"

"可是,真像他说的那样,观察八周就可以了吗?十周、十二周以后难道就没有游离的情况吗?"

"有啊。安藤美那子最近拍的片子显示,异种骨有些脱离呢。"

"反正把失败的例子掩盖起来这种事我干不出来。"

"不知道教授听他讲演时是什么表情。"

"准是提心吊胆的吧。"

"不过演讲的是风间,教授可以放心的。"

"可那个当会长的T大的藤本教授也很奇怪。说什么'这是创新的、很有意义的报告,谢谢'。真是什么都不懂啊。"

"当了教授就什么都不学了,日本的大学都这样。"

"难道他们可以这样为所欲为吗?"

"现实就是在为所欲为呀。"

"其他大学的报告也都是这样吗?"

"不能说所有的,但是其中可能会有类似的。"

"我对学会失望了。"

"我早就失望了。"

新谷说完,又要了杯威士忌。

4

东都大学的论文《异种骨的实验以及临床研究》在学会上引起了巨大的轰动。

移植骨不足的问题一直存在,许多学者都在考虑使用动物骨来做骨移植手术,但没有人实际进行实验,东都大学却进行了这一实验,并取得了相当好的成绩。以往学会对新研究都是有褒有贬,而对他们发表的论文,则是"干得不错""有价值的研究"等诸如此类的评价占据了压倒性优势。

在当晚的学会招待会上,可知教授和风间讲师成为各大学研究人员争相握手的对象和话题的中心。

当然,对这次的论文抱有疑问的人也不是没有。在会上提问的大阪研究者和名古屋的一些医师对东都大学的结论就持怀疑态度。

"成绩是不是太好了呢?""可知教授一向喜欢哗众取宠。""只凭那么点儿基础实验就进入临床,真够大胆的。"

背地里也有这样的议论。

但这毕竟是私下的推测,他们弄不清楚真实情况。因此,至少从学会上的反应来看,可以说是"很成功"。

翌日的报纸上登出了以"动物骨移植成功"为题的报道,还刊登了可知教授和风间讲师的照片。报道介绍了研究发表的概要及异种骨移植的意义后,评论说"成为长期悬案的移植骨不足的问题终于得到了解决",还登载了T大藤本教授关于"划时代的研究"的谈话。

可知教授可谓大出风头。论文不但在学会上引起很大反响,还见了报,甚至得到了藤本教授的赞赏。

"这下子,可知教授得到 T 大教授的职位更有希望了。"

其他大学教授中也出现了这样的议论。

外人这么看也是必然的。

可知教授和风间讲师在学会期间和学会后,收到许多从大学和医院寄来的寄送论文的请求以及相关咨询。一些大学也打算借鉴东都大学的方法,着手进行研究。

可以说,通过这次成果发布,东都大学成了整形外科异种骨研究的中心。

然而东都大学内部却是另一番景象。

首先在学会后的五月中旬,医师们对小腿骨折而做了骨移植的患者,进行了取出异种骨的手术。

这名患者二月初从地方医院送来后,接受了骨移植手术。

手术后骨移植的固定较好,创口也很干净,恢复顺利,可是从第四周起,出现了渗出液体,第六周开始化脓。与此同时,X 光片显示移植骨孤立化,阴影变深了,骨头渐渐死亡、变硬。

在五月初的学会前后,这个病例被判定为"可",按标准应该判为"不可"。因为可知教授的一句"'不可'太多了",这个病例从"不可"升格为"可"。

学会召开的三天里,这个患者的创口一直在流脓。从五月中旬的照片上看,移植骨已经完全与周围的骨头游离了。移植骨已经浮上来了,将金属探针插入流脓的创口时,探针碰到骨头上,发出喀嚓喀嚓的响声。

这样下去,异种骨会异物化,使化脓更加严重。

总巡诊时,教授不得不指示"取出移植骨"。

"又要做手术吗？"患者惊讶地问。他是个农民。

"取出来好得快。"教授一句话就决定了手术。虽说是强行手术,但事到如今,也是上策。

教授当然希望尽量避免再次手术,这也是万不得已。

患者被再次送进了手术室,切开了创口,正如 X 光片照出的那样,移植骨完全从周围的骨头中游离,孤立了,所以很容易就取出来了。

取出的骨头像化石似的到处是缝隙,又白又硬,和平野的一样,已经是死骨了,根本不可能与周围愈合了。化脓之处就在那块移植骨下面,显而易见,异种骨是化脓的原因。

"这回脓就能止住了。"

主治医师对患者这样说明,但这并不等于治好了。化脓是由于移植异种骨而引起的。这完全是多余的。只要骨头没有完全接上,就不能说治好了。

当然,取出移植骨后,骨折部位出现了很大的空隙。周围的骨头已经萎缩,这样下去,骨头是接不上的。到了这个地步,只能移植自身骨了,可是,对于一直研究异种骨的风间来说,这是不能接受的。

"等不流脓以后再说吧。"

于是,这次手术仅仅取出了异种骨。

这个病例很明显是异种骨移植的失败。好容易植入的骨头又被取了出来,移植等于没有意义,而且引起了化脓,使病情恶化。

到了六月中旬,风间又从三位患者体内取出了异种骨。

每一例都出现了化脓和异种骨游离的情况,在学会上被质疑之处成为现实。

"怎么会出现这样的情况呢?"

面对一个接一个的失败,教授露出了极其不快的表情。

"是手术后管理不善吧。"

他把气撒到了主治医师身上。

"要认真管理!"

主治医师听后无话可说。接受骨移植的患者是重要的研究用患者,所以,每个医师都对其倍加小心地护理,可还是出现了患处化脓。

应该说,问题不是出在管理上,而是异种骨移植本身太勉强了。

"取出来……"

最后,教授只说了这么几个字就拂袖而去。蒙在鼓里的患者们看得出教授的不快。医师们也担心挨骂,每次总巡诊时都提心吊胆的。

只有风间讲师比较镇静。

当然,他也并非不以为然,当教授冲主治医师发火时,他便低下头不吭声。在研讨会上,当教授说"真是不理想啊"时,他就怪怪地垂下头,说一句"实在抱歉"。

但是,身为异种骨研究组的负责人,他给人的感觉过于平静。无论教授说什么,他都似乎左耳朵进右耳朵出,而教授也没有对风间讲师发过火。按说应该严厉责问负责人,可是,除了"再扎实一些"之类的话,教授没有说过更严厉的话。

"教授是不是被风间抓住什么把柄了?"最初表示怀疑的是坂井。

"异种骨的人体实验是教授非让风间干的。风间应该是反对的。他觉得还处于动物实验的阶段,用于人体太快了。可是教授命令他干。风间就问:'那么失败也没关系了?'教授仍然命令他要在学会之前搞出来。两个人之间就有了即便失败也说是成功的默契。所以,现在教授也不好责备风间什么了。"坂井仿佛偷听了教授和风间的谈话似的绘声绘色地说。

"为什么明知会失败,教授还硬要搞人体实验呢?"

"当然是为了发表一鸣惊人的论文,引起学会的注意呀。教授虽然是T大继任教授的候选人,但近来没有特别值得一提的研究,最多才到了二垒,他要在这段时间来个本垒打,想要靠它来确保T大教授的职位。为了这个目标,异种骨的人体实验成功是最有效的。"

"这也太强求了吧。这样掺了水分的论文就算在学会发表了,大家早晚也会知道这个实验是失败的。别的大学来咨询或索要论文后,迟早会像咱们那样处理骨头并植入人体吧。知道根本不行以后,就会怀疑咱们在撒谎。那不是更糟糕了?"

"的确很糟糕,可到那时候说什么也晚了。"

"晚了是什么意思?"

"到那个时候,他已经当上T大教授了。"

坂井像个讲解员似的环视大家。

"知道吗?T大教授评选是在今年秋天,即十一月初。现在是六月初,还有五个月。即使在这期间其他大学采用我们的方法开始异种骨移植实验,也要年底才能出结果。再怎么快,在教授评选之前也出不来。等他们怀疑时,可知已经当上T大教授了。不可能把已经当上教授的人再给拽下来吧?"

"照你的意思,教授早就打好了这个算盘,才搞这次实验的吗？"

"这还用说。哪怕失败，也要赶上这次学会，教授把赌注全压在这次学会上了。"

"明白了。"

大家听了一齐点头。坂井的说法似乎有些牵强，却不无道理，听起来很像那么回事。

"这么说，风间知道这些内幕？"

"在人体实验之前，教授把风间找去，要他一定赶在学会前搞出来。'我能去T大的话，就让你来接替我的位置，拜托了。'某天晚上，教授握着风间的手这么说道。"

越说越来劲儿的坂井，一边说一边惟妙惟肖地模仿着教授的声音和动作。

"他们两个人之间有秘密协议。"

"但是，如果大家知道了学会发表的是虚假的东西，他们也会睡不着觉呀。"

"像你这么想，就没法在这个竞争激烈的时代生存下去。胜者为王。事后，即便有人说三道四，可对方是T大教授，也不能当面去说吧。再者，就算其他大学实验失败了，也不等于这个方法是错的呀。我们的研究也的确有两三例是成功的。无论别人有什么看法，都可以说：'是你们的方法有问题，骨头处理法本身没有问题。'一句话就给驳回去了。"

"可是……"

"即便失败了，也是第一次挑战人体实验。从这个意义上来说，教授和风间的名字就会载入史册。干点儿什么，比起什么都不干来，总是好的。"

一瞬间,大家都静了下来。坂井的话很有趣,尤其是最后那一句,使每个人都陷入了沉思。

"你是听谁说他们有秘密协议的呢?"过了片刻,小田问道。

"没听谁说,看他们两个人的态度就知道了。"

"态度?"

"最明显的是,手术失败了,风间仍然若无其事,教授对风间也没有怎么责备。风间对我们比对教授还要客气,时不时拉我们去喝酒,或者安慰被教授训斥的人。"

"你是说这和秘密协议有关?"

"是啊。风间现在觉得我们比教授还可怕,怕我们谋反。"

"……"

"我还听新谷说,开过学会后,他见到真野副教授时,曾担心地说:'做那样虚假的报告,被人发现了可怎么办?'真野笑着说:'人家心中有数吧。'"

"真野很清楚这些事吗?"

"大概吧……"

"连教授瞄着T大、风间瞄着教授的位置他也清楚?"

"当然了。"

"那么,真野是怎么想的呢?"

"不知道,他让人琢磨不透。"

就连喜欢推理的坂井也看不透真野副教授内心的想法。

5

进入六月以来,东都大学医院里,没有再进行一例异种骨移植实验。

二月份，他们甚至请地方医院给患者做手术，态度来了个一百八十度转变。

减少实验最主要的原因是手术的效果太差了。照这样下去，实在无法继续推行。现在也可以说是异种骨移植的反省期。

但这并不等于不再进行异种骨的研究了。

学会之后，风间讲师仍旧一个人埋头异种骨的研究。

失败的最大原因在于异种骨的处理方法。将牛骨用甘醇液高温处理，彻底去除其蛋白成分，他期望用这个办法防止移植后的排斥反应。

可是，结果并不像设想的那么简单。蛋白成分的确减少了许多，但仍然残留着一些。这种程度的残留，对动物还没什么影响，而在人体内的影响却比预想的要大。

刚移植后的确没有问题，可五六周后，患处就产生了炎症。

看来蛋白成分必须去除得更加彻底才行，必须达到血沉反应为阴性的程度。

这就牵扯另一个问题，完全去除蛋白成分就等于杀死骨活性。用化学成分进行高温处理，骨细胞就会遭到破坏。去除蛋白成分和维持骨活性两者不可兼得。这边解决了，那边就出问题了，不可能两边都能处理好。

风间讲师为这个难题绞尽了脑汁，进行了种种程度的去除蛋白成分、保持骨活性的实验。去年一年，他的许多时间都花费在这上面了。

其结果，取最佳平衡点研制出来的方法，就是这次人体实验的处理法。可是，用到人体上还是失败了。

这个处理法不行的话,就必须重新从基础实验做起。

不过,这个方法还有一线生机。

这回的人体实验中使用了两种异种骨——在一百摄氏度的甘醇液中加热两小时的异种骨和在二百摄氏度的甘醇液中加热五小时的异种骨。尽管都失败了,但仔细观察的话,二者还是存在微妙差别的。

用在一百摄氏度的甘醇液中加热两小时的异种骨给平野及小腿骨折的患者等十名患者做的移植手术都失败了,最初判定的"可"和"不可"的十二人中,有八人是这一组的。而使用在二百摄氏度的甘醇液中加热五小时的异种骨给安藤等九人的移植手术中,只有"可"和"不可"四人,两例"优"都是这组的。这个差别究竟是因为骨头处理法不同,还是因为手术状况、手术后护理以及个体差异呢?一时还难以下判断。

至少应该对这一差别加以注意。

当然,用高温长时间加热的一组蛋白成分会减少。如果长时间处理的效果好的话,留在骨头里的蛋白成分就是关键问题了。也许这就是失败的原因。

既然如此,就应该首先考虑在某种程度上牺牲骨活性,除去蛋白成分。比起保护骨细胞来,防止排斥反应更为重要。

人体实验虽然失败了,但这一发现并非没有意义。

"失败是成功之母。"

这是风间讲师的口头禅。最近,他带大家出去喝酒的时候,也说过同样的话。这并不是为他自己辩解,而是"仅仅一次失败,怎么能退缩"的意思。到了风间讲师这个程度,是不能让人看扁了的。

"可是,患者作为失败的案例,太不幸了。"影山不无讽刺地说。

影山今天喝得多了些，若是在平时，很难这么坦言的。

"的确是不幸。不过做任何事情都要有人做出牺牲，不可能所有的人都幸福。民主主义本身也是这样吧？'为了大多数人的幸福'这种说法的意思就是'少数人倒霉'。不可能所有的人都能平等。"

"正是为了大多数人的幸福，人体实验也应该尽可能减少牺牲者呀。"

"你认为我们的实验没有为减少牺牲者而努力吗？"

"我也没有那么说……"

"说话请慎重一些。"

风间讲师不轻易生气，感情从不外露。有的医师喝醉了，说了过头的话，他也一笑了之。可以说是成熟，或说是冷静，总之相当稳重。

可现在风间的表情却十分严肃。

"对不起。"

影山也觉得自己说得有点儿不合适，低头表示了歉意。对方虽说现在是讲师，请大伙喝酒，可是，以后很可能当上教授，最好还是别惹他。

"好了，喝酒吧。"

大概风间也觉得自己不够大度，拿起酒盅给影山斟酒。

"因为失败的案例多，所以你这么说，我很理解。说实话，这回是失败了。"

他让别人说话慎重，自己却坦白地承认失败。不知是为了迎合大家的想法还是肚量大，让人琢磨不透。这既是风间讲师的魅力，也是其可怕之处。

尽管异种骨移植的实验结果惨不忍睹,可是具有讽刺意味的是,现在实验失败了,希望做骨移植的患者却接踵而来。

这些患者都是骨折后接受了长期治疗还不见好的人,全是看了报上骨移植的报道慕名而来的。

"据说可以不用自己的骨头就能治好,请给我治治好不好?"

他们中不仅有东京的、关西的,甚至还有从北海道坐飞机来的。

医师对这些人当然不能说"其实那些手术都失败了"的话,于是只能大概看看患部,拍个片子。他们的疾病都因延误了治疗而转成了慢性疾病,所以治疗起来很有难度。

"病房很紧张,先等一段时间吧。"

虽然医院这么搪塞,但对方并不轻易相信。

"我们是特意从外地来的,请尽量想想办法吧。"

东都大学不过是进行了异种骨的研究,而外行人以为这里是骨移植最好的医院。虽说报纸的报道不负责任,始作俑者却是教授自己。

"那么,我们就在旅馆里等床位。"

患者说到这个程度,也不好不让他们住院了。

对这些强行住院的患者,当然不能不做手术了。

可是,又不能做明知会失败的手术。

而且,现在学会已经结束,增加病例也没有太大意义。

当然也可以为了明年的学会做手术,可是,在年底以前必须在基础实验方面下功夫。

眼下,需要骨移植的患者已经住了院。

必须赶紧想个办法。

"怎么办好呢？"在研讨会上，教授哭丧着脸问大家。

他们在学会成功地发表了论文，并上了报纸，这才导致希望做骨移植手术的患者蜂拥而来。

到了这个时候，再说不能移植，就自相矛盾了。

"风间君，能不能再做一些呀？"

"可是……"

这回风间讲师也没好意思同意再继续做这种手术。

其实他也想试验一下稍稍改变了骨处理法的骨移植，这就可以和前面的病例做一下比较了。

可是，那种处理法还没有进行基础实验。而且，患者从外地远道而来，如果失败了更难交代。万一化了脓，不知患者会说出什么难听的话来呢。

以前的患者都是论文发表之前秘密收拢来的人，即便手术失败了，他们也不会乱说。他们知道骨折不好治，又都不知道移植的是异种骨。

"怎么能让这些患者住院呢？"教授朝住院处的医师撒气。

"他们特别固执。"

"就说没有床位来拒绝呀。"

这时，真野副教授轻轻地说：

"给这些患者移植同种骨行不行？"

"……"

"同种骨保存了不少呢。"

教授好像没听见似的望着窗外，风间讲师低着头。

在这个时候，移植同种骨不失为一个好主意。同种骨比异种骨效果好是明摆着的。同种骨比任何一种异种骨的临床效果都要好得多。

同种骨的缺点就是不能确保在需要的时候提供足够的骨头。不过目前,真野副教授已经保存了充足的同种骨。

"使用截肢骨吗?"教授冷冷地问。

优先搞异种骨的研究,现在却要用同种骨,教授一下子下不了这个台。

风间讲师现在的心情也差不多。作为异种骨研究的带头人实在太丢人了。可是,也不能勉强做明知会失败的手术。

"上周我检测了冰箱里同种骨的细胞活性,与刚取骨时没有多大变化。又不是从患者身上取骨,就说移植的是异种骨,他们也不知道是怎么回事。"

"我担心的不是这个问题。"

教授用手指有节奏地敲着桌子,似乎在考虑什么。

"你想做的话就做吧。"

"好的。"

副教授轻轻点了下头,教授隔了一会儿也点了点头。

在这次会议上,整形外科的方向似乎有点儿变了。

原来,科里的研究是向异种骨移植一边倒的。说得夸张一点,仿佛除了异种骨研究以外,其他的课题都算不上研究。

到了现在这一步,同种骨的研究仿佛终于见了天日似的。异种骨移植的失败,反而给同种骨研究开了天窗。

"还得用同种骨呀。"

研讨会后,大家凑到一起议论起来。

最让大家高兴的,是几乎停止了异种骨移植的研究。有的人说:"这是早晚的事。"

一直强硬地推行异种骨的教授和风间讲师,基本上承认其失败,使众人感慨无比。

"真野副教授真是厉害呀。"影山感慨地嘟哝着。

"真野准是知道早晚会采用同种骨的。"

"他肯定是预见到了异种骨的失败。"

"太有先见之明了。"

"教授肯定懊悔得不得了。"

"不对,教授正因为知道会这样,才默认了真野的研究呢。"

"谁知道呢! 不过这也挺不错。"

同种骨研究组的坂井为自己终于有事可干而兴奋起来。

6

六月底,安藤美那子出院了。

安藤做了骨移植手术的左腿骨折部位已经完全接上了,不用拄拐杖走路也不觉得疼了。虽然有一条十厘米长的伤痕,但还不难看。穿上颜色深一点的袜子就看不见了;不穿袜子,也不太明显。

只是那条腿很细,只有健康腿的一半粗。由于长期打石膏、没有活动的关系,掉了不少肉。从照片上看,骨折部位长出了新骨,看上去比原来的骨头粗,植入的异种骨依然是孤零零的白块儿。移植半年后,还是没有和周围的骨头融和。

这就是说,骨头接上的原因,与其说是由于移植了异种骨,不如说是原有的骨头在固定的过程中自然接上了。

这样看来,植入异种骨的弊大于利。要不是中途进行骨移植,肯定好得更快一些。

即便移植没有失败,手术后还要花上半年时间恢复,实在太长了。

话说回来,安藤还算是幸运的了。她才二十一岁,所以能够经得住异种骨移植这种人体实验,平安过关。

可是,大部分人都还没有治好,至今忍受着痛苦。

到目前为止,接受了异种骨移植并出了院的,只有安藤、右上臂骨折的青年,以及固定脊椎的那几个患者。那个青年的骨折本来就属于不做骨移植也能接上的案例。而固定脊椎的重点在于固定,因此和骨折不能相提并论。

尚不能确认这些患者的骨头是否接上了。

此外的患者们仍旧是一部分人患处化脓,一部分人骨头没接上,都还留在医院。

该如何处置这些患者呢?

医师们在七月的第一次研讨会上讨论了这个问题。

异种骨实验失败已经是很明显的了。

不能再进行异种骨的移植了。

研讨会上大家谈了自己的意见,最后由教授做了决断。

没有人反对再次进行骨移植。像目前这样两头脱节,中间长出肉芽组织的话,骨头永远也接不上,还是有必要在中间移植骨头的。

问题是使用自身骨还是同种骨。单从容易接合来说,自身骨为好。把自己的骨头移植给自己,当然不会有问题,但是这就需要另一次取骨手术,即从患者的骨盆上取骨,植入骨折部位,共两个手术。

长期养病的患者,身体本来就虚弱,要从他们身上取骨,是需要慎重考虑的。而且,上次手术前曾经告诉他们:"这次手术就能治好的。"这次怎么能再跟他们说"手术不成功,所以要从你身体里取骨,重新移植"呢?

患者们看了报纸,知道了东都大学医院用牛骨移植的手术成功的事。

也有的人不太相信报道,对自己的病产生了怀疑。现在又对这些人说,要从他们本人身上取骨再次做手术,不知会得到怎样的回答。

认为"同种骨合适"的医师,是考虑到这些方面之后发表这一看法的。移植了异种骨而失败了的患者的主治医师们感受更加强烈。

大家的意见基本上分为同种骨派和自身骨派,差不多各占一半。

"风间君,你的意见呢?"教授叹了口气,征求风间的意见。

"我还是想搞异种骨移植。"

"异种骨……"教授重复道。

大家的视线一齐投向了风间。

他毫无怯色,声音清晰地说:

"这次我打算移植蛋白成分清除得更彻底、用高温处理过的异种骨,既然已经研究这么长时间了……"

瞬间,屋子里鸦雀无声。风间最后那句话,听上去像是尖锐的讽刺。

也许他知道其意见不会被采纳才这么说的。成功以前,大家都恭维他；一旦失败了，大家又都瞧不起他。"

他这么说，与其说是表达对大家不满，不如说是冲教授去的。

教授叼着烟斗，望着墙壁没有说话，仿佛与己无关。

过了一会儿，他缓慢地问真野副教授：

"你看呢？"

"我认为对正在化脓的患者，也只能继续观察了；对没有化脓、患处周围状况较好的患者，进行同种骨移植是不会有问题的。另外三名皮肤状况不好的患者，可以考虑以其自身骨移植为主，加入一部分同种骨的办法来进行手术。"

真野副教授的意见果然有条有理。

在化脓时进行骨移植手术也不会成功的。这也是异种骨移植失败的原因之一。

无论怎样，要根据不同的病例，分别使用自身骨和同种骨。

"其他人还有什么意见？"

教授看了看大家，谁也没说话。意见已经发表得差不多了。

"那么，就这样决定了。这次都是长期病号，所以一律移植自身骨。"

教授说完，朝风间讲师看了一眼，似乎在征求他的赞同。

风间讲师什么也没说，默默地看着前面。

研讨会后，大家照例议论起今天的会来。

"只有风间一个人坚持要移植异种骨，真有韧劲儿。"小田用辩护的口吻说道。

"也许吧，可他那是气话，不像一向冷静的风间说的。现在怎么可能移植异种骨呢？"

"不过他也只能那么说。其实他说的也有一定道理。"

"也许有点儿道理,可也应该为那些做这种没有成功希望手术的患者想一想啊。有的人已经住院半年多了。"

"到底是教授脑袋瓜聪明,风间主张异种骨,真野主张同种骨,没想到,教授谁的意见都没采纳,决定用自身骨。"

"不管这个结论怎么得出的,用自身骨也是正确的。那些患者都被实验材料延误了治疗,应该对其采用见效最快的治疗方法。"

"可是,也该为直接面对患者的主治医师着想啊。怎么才能说服患者同意从自己身上取骨呢?"

"能蒙骗人也是医师的技术之一呀。"

"听说前两天,平野的太太找你,想要看看她丈夫住院期间的病历,有这回事吗?"影山忽然想起来似的问主治医师小田。

"前天她突然来找我。"

"你怎么回答的?"

"当然拒绝了。可她很固执,说下周还要来。"

"这和手术有没有关系?"

"不太清楚,她好像怀疑丈夫被用于人体实验,不堪其苦才自杀的。"

"太太这么说的?"

"没明着说,听她的口气总有点儿……"

"那位太太是个老实人,没怎么埋怨医院。"

"这回可是咄咄逼人的。我拒绝给她看照片时,她斩钉截铁地说:'我一定要看。'我总感觉背后有人指使她似的。"

"会是谁呢?"

"猜不出来,好像咱们医院的患者也在风传人体实验这件事呢。"

"教授知道吗?"

"好像还不知道。"

"至少应该让风间知道一下吧?"

"我正打算去跟他说呢。"

"可是,平野的太太在丈夫活着的时候,不是因为很少来医院而被其丈夫怀疑有外遇吗?"

"这是两码事。"

"也是,但愿别出什么岔子。"

从七月到八月初,重新接受骨移植的患者共六人。其中四人接受的是自身骨,两人是同种骨的移植。

病症研讨会的结论是一律移植自身骨,由于河田和吉井两名患者坚决不同意用自身骨,只好用同种骨。加上其他看到报道慕名而来的患者,总共八人接受了同种骨的手术。

给这些患者使用的同种骨都是取自少年船田截肢的腿骨,这些手术做完后,同种骨基本就没有了。

为了补充同种骨,真野副教授在七月中旬,又从一位同样因右腿长了肿瘤而截肢的女性的残肢上取了骨。上次是在手术室取骨的,这次是把残肢取骨移到三层的第一研究室里取骨的。

"这回不会有麻烦吧?"协助取骨的坂井问道。

真野副教授严肃的脸上浮出了笑容:

"现在告密又有什么用呢?已经过去了。"

真野副教授对上次的告密者是谁,一定心里有数。

"您是说学会已经结束了吗?"

"可以这么说。"

真野副教授是个轻易不表露心迹的人。对研究和手术的问题，他有问必答，但在人际关系上，很少发表自己的意见。也许他对这些事根本不关心。他说"已经过去了"的意思是，现在再妨碍同种骨的研究没有什么意义了。

"真没想到，同种骨能这么快地应用于临床。"

坂井想起了一年前的事。那时候，同种骨的研究很受压制。就连从残肢上取骨也要顾虑重重，而现在可以正大光明地干，即使被教授和风间知道也用不着害怕了。

"这多亏了您的灭菌冰箱呀。我现在觉得在同种骨研究组真是太幸运了。"

"别这么说。"

"真的。如果在异种骨研究组的话，要协助他们做人体实验，给患者造成痛苦。还是在同种骨研究组这边好。"

"不能这么说。研究是波浪式进行的。现在觉得不错，说不定什么时候就会碰壁；现在碰了壁，或许以后就会柳暗花明的。科学研究就是在这样不断反复中发展的。"

"不过，您一直认为骨移植还是应该用同种骨的吧？"

"不，自身骨也可以，同种骨也可以，异种骨也是需要的。它们各有各的用途，问题是要适得其所。"

"那么您是肯定风间所搞的研究了？"

"先不说方法怎样，我觉得异种骨的研究还是必要的。"

"这么说，教授和风间还会继续搞下去了？"

"大概吧……"

真野副教授点点头，在水龙头下清洗起取出的骨头来。

7

住院患者的骚动出现在八月末。

相泽以患者代表的名义,给教授送来了对主治医师小田的质疑信。

相泽原来在甲府医院住院,因东都大学进行骨移植研究而被转院过来。他右前臂骨折,长期不愈合,形成了所谓的伪关节,被劝说"去了东都大学就能很快治好",才转来这里的。他接受手术是在二月初,可是,半年过去了,病情丝毫不见好转,创口还开始流脓了。他属于异种骨移植失败的一例。

他对手术的情况一直非常关心,问过医师许多问题,也许是对主治医师的回答不满意,才正式向教授提出质疑的。他是教师,骨折的部位是胳臂,腿很健康,所以经常到各病房走动,和大家商量对策。

看来操纵平野一太郎太太的,也是这个患者。

质疑信的要点有三。

第一点,我们是否被用作骨移植的实验材料了?报道上说骨移植取得了很好的成绩,可事实上,目前住院的患者因进行了骨移植而治好的寥寥无几。那篇报道是错误的,院方究竟是不是进行了人体实验?

第二点,如果不是这样的话,为什么这么长时间治不好?为什么一部分患者要再次做手术?请解释一下。

第三点,以现在的情况,是否真能治好?如果能治好的话,是什么时候,以什么形式,请明确说明。如果事实与说明不符,医院方面要负担一切责任。

在这封信下面有五名患者的签名,他们都是今年二月为了学会论文的实验而紧急转院来的,其中三名要再次实施手术。

现在异种骨移植的患者有八人,可见,并不是所有的患者都签了名。大概另一部分人虽然不满,可又怕触怒院方,所以没敢签名。

与内容的严厉相比,质疑信的措辞很客气,看得出是有所顾忌的。

尽管如此,医院被患者提出这样的质疑还是第一次。

表面上是质疑,实际上很难说会导致什么样的结果。

假如真相泄露出去,被媒体知道了,东都大学的权威地位会受到影响,弄不好教授会被追究相关责任。

收到质疑信后,可知教授紧急召集异种骨研究组成员以及小田、影山等主治医师来教授办公室开会。

似乎连教授也慌了神儿,一改以往叼着烟斗的悠然姿态,一根接一根地抽起纸烟来。

"这个叫相泽的患者代表是干什么工作的?"

"是教社会课的高中教师,本来就是个难缠的人,经常打听关于手术的情况。"主治医师小田回答。

"有医学知识吗?"

"看了不少有关健康讲座以及家庭医学百科之类的书籍,最近,还买了好几本外科治疗学方面的书呢。"

"只是自学的程度吧?"

"是的。但是他的亲戚里好像有当从医的,他也学了不少知识。他本身又是高中老师,脑子好,能说会道。"

"这么说他是领头的了?"

"可以肯定他是中心人物。平野的太太也跟他接触过,大概两个人谈过平野的治疗过程。"

"可是,重新手术的名单里并没有平野,他的太太也从没找过我们呀。"

"她跟我要过一次照片,我没同意,就再也没来找过我。"

"这是怎么回事?"

小田正琢磨怎么回答时,风间替他答道:

"我猜想,起初他们是想要调查平野的死因,才想要了解手术内幕的,所以让平野太太来要X光片和病历。这样做,对现在住院的病人没什么直接影响。可是他们被拒绝了,加上追查自杀的人意义也不大,就放弃了平野的事,用质疑信的形式发难。"

风间讲师讲话一向很有逻辑,让人信服。

"真难办啊……"

教授也没了主意。被这么理直气壮的人质疑,总不能置之不理。而且,对方似乎是抱着破釜沉舟的决心来的,因此被赶出医院也在所不惜。

"这些患者的意图是什么呢?"

教授到现在还无法相信患者会联名写来质疑信。当然,以前患者也不是完全服从医师的,但还不敢怎么样,即使有些不满,也没有这样来质疑的。

这种做法可以说是相当不客气的。

"看样子他们是很认真的,甚至做好了出院的思想准备。"

"即使出院,别的医院也不一定能治好他们啊。"

"他们说,如果在这里治不好的话,去哪里也是一样的。他们自己有选择医院的权利。"

"这样的患者还是请他出院更清静。"

"我觉得这样不太好。万一伤害了他们,他们会把事情闹大,那就麻烦了。"

"可是,有什么别的办法呢?"

表情黯淡的教授又点燃了一支香烟。要是换成老古板教授的话,肯定会呵斥一句"简直是无法无天"。

"他们的态度很强硬,得小心应对才行。"

"可是,总不能详细去给他们解释呀。"

虽说是人体实验,正式承认可非同小可,而且,其病情也说不准什么时候会有好转。治疗是因人而异的,不可能千篇一律。再说,没按时治好还要赔偿,这要求实在让人无法接受。到目前为止,大学医院里还没有过因延误治疗而赔偿的先例。

"有没有什么好办法?"

教授看着大家,谁都没说话。真野副教授一直低头沉默着。

这封质疑信实在很棘手。院方进行了人体实验,使患者病情恶化是事实。总不能说没有做,或者说做了好得更快。

在学会上蒙骗人容易,可要蒙骗做过手术的患者就难了。

"怎么办呢?"教授又问了一遍。

在教授的一生里,大概从来没有受到过患者这样的侮辱吧。才气过人、一直生活在象牙塔里的教授似乎应对不了这样的难题。

"风间君,有什么好主意吗?"

最终,他还是想要听听风间讲师的意见。

"也谈不上是好主意……"

风间就像等着教授来问他似的,坐直了身子。

"这件事可以交给我来处理吗?"

"你要是能处理,当然可以了。"

"交给我处理,也包括对他们的待遇和答复吗?"

"可以。你打算怎么做?"

"先和相泽好好谈一谈。"

"光谈谈能解决问题吗?"

"当然不行。他很可能提出更多要求。但是,我们和他们的关系是医师和患者的关系。我们不喜欢发生摩擦,而他们更不希望这样。"

"是这么回事。"

"所以,以此为基点来谈,就能解决问题。"

"那么,不至于要我们承认人体实验吧?"

"当然不承认了。我们就说患处在手术中进了细菌感染了。"

"这就不是我们的责任了?"

"要说责任的话,就不光是医师了,医院也有责任。总之,我们是诚心诚意的,他们也不会因为化了脓就去告我们的。"

"如果闹大了的话,以后也无法搞什么研究了。"

"所以说,大家必须口径一致才行。"

风间讲师迅速扫了大家一眼。

"然后再强调,这样下去很难治愈,即使转院也不容易治好。"

"这倒是真的。"

"让他们认识到我们一直在尽力治疗,今后也会这样。还有,我想确认一下,学用患者的范围有多大?"

在大学里,各科都有收留一些疑难病症的患者,以便进行研究的所谓学用患者制度。这些患者免收医疗费。

"这得问问办公室才知道。"

"患者本人有医疗保险，不用什么花费，但家属的负担很重。所以，把家属负担部分都从学用患者的预算中支出怎么样？"

"可这是有限的呀。"

"但他们的确属于学用患者。"

风间目光冷冷地瞧着教授。

"这不就等于承认做了人体实验了吗？"

"只要我们不承认，别人再说什么也没用。而且，他们也不会觉得和我们争执下去对他们有什么好处啊。"风间充满自信地笑着说。

这次对患者质疑信的答复，都包在了风间讲师身上。虽然信是写给教授的，但教授没有工夫和这些琐碎的事情纠缠，也害怕哪句话说得不合适被抓住把柄。

还是风间讲师在应付这类事情上有一套。他是异种骨研究组的负责人，又有对付的办法，加上头脑灵活，能言善辩，办事也周到。

第二天，风间马上请患者代表相泽到自己的房间来谈话。

他首先听取了患者方面的想法。正式被征询意见，使相泽很紧张。信上的口气虽然相当激烈，但面谈时相泽的措辞却非常客气，有时还有些结巴。

也许是因为和讲师面对面谈话，不敢说话太直接的关系吧。风间讲师认真听完了相泽的话后，谈了自己的想法。

风间对其提出的第一个是否是人体实验的问题，予以坚决否认。

"我们绝对不可能对可敬的患者做出那种事,事实上也没有那么做。"

对这种似是而非的回答,相泽相信地点了点头。

"虽说报道了骨移植研究,但给你们移植的不是牛骨。本来是想移植异种骨的,可是觉得同种骨好得快,就没有用。现在回想起来,如果下决心给你们移植异种骨的话,就能像安藤美那子那样早日痊愈出院了。为了让你们尽快康复,才移植了同种骨。现在倒成我们的不是了。"

显而易见,他说的是假话。无论是相泽还是美那子都移植的是异种骨。可他却说成是由于他们移植了同种骨才总也治不好。

"为什么只有你们化脓,久治不愈呢?关于这一点,我们也多次进行了研究调查。结果发现,当时有几个人同时出现了感染,而且都是同一种细菌引起的。我们推测,是手术室的灭菌作业或者换气装置有问题,才导致细菌侵入的。就是说,你们被这些细菌感染了。我们认为情况就是这样。"

"你的意思是说,这是管理不善造成的问题,是医院方面的失误?"

"这仅仅是事后的推测,没有确实的根据。我们也找了手术室的负责人,对灭菌作业等相关问题进行了检查,但也没有值得明确指出的失误。手术服和器械都是按照规定的方法灭菌的。因此只剩下一个疑点,即会不会是空气中浮游的感染菌呢?会不会由于它们偶然大量进入了手术室或走廊而使患者的伤口被感染呢?果真如此的话,用一般的方法就很难预防了。这种情况很罕见,只能说你们太倒霉了。"

化脓明明是异种骨移植引起的排斥反应,他却说成是手术室灭菌的问题,相泽也没有话说。

这样的决斗,从一开始就对患者不利。这是专家和外行在医学问题上的决斗,而且又是骨移植手术中的感染这种连专家都正在研究的课题,外行只看了几本书,哪里是专家的对手呢!

"信里说,要求明确告知治愈的准确日期,这很困难。就连感冒这样的小病,也很难说清什么时候能好。以为再有两三天就好,却在前一天着了冷风,又严重起来。骨头也是一样,好容易快接上了,又摔了一跤,就有可能久治不愈,或者又出现像化脓这样被感染的情况,并且拖延下去。所以,你们的心情我们很理解,但是很抱歉,确切的治愈日期不好说。"

风间讲师巧妙地回避了一个问题。患者问的是"顺利的话,能否治好",他却说成"由于突发事故而无法预测"了。

到了这个时候,连相泽也被风间讲师的诡辩搞糊涂了。

"总之,我们是竭尽全力治疗的。请你们相信一点,你们的病治不好,对我们医师一点儿好处也没有。"

"这我们都明白。我们也不是想要为难医师们才写那封信的。每天看着毫无进展的创口就发愁,担心会治不好,成为残废,越发心神不安。"

"我能理解。所以,科里专门开会研究时,有人提出让这一类不稳定的患者马上出院,我坚决反对。我说,这么说也许不太好听,患者现在陷入了异常的心理状态。整天待在床上,不能自由行动,就像被软禁了似的,健康的人应该多体谅他们一些。"

"您说得太对了。长期过这种日子,人就变得疑神疑鬼。医师都能像您这样理解我们心情的话,我们患者也会有勇气继续治疗下去了。"

"目前我们所能为你们做的,就是免去你们当中长期住院者的治疗费,多少解决一点困难。"

"免费吗?"

"像相泽先生这样的,本人是地方公务员,可以免去治疗费。其他享受国家保险的人或者公务员家属,只交纳几成费用就可以了。我们正在考虑申请用医院的特别经费支付这些患者的住院费用。"

"真的?"

"只是医院方面的预算也有限额,不好公开。我们打算先给信上签名的人秘密办理免费手续。"

"谢谢。"

相泽深深低了一下头。

"大家知道了一定会很高兴的。我带头写信也算是没白写。其实,交这封信时,我们也担心惹恼了医师。要是被医院轰出去,也无处可去。我们也做了最坏的打算。"

"不用担心,不会那么做的。"

"有您这样通情达理的大夫,真是我们的幸运。今后还请多多关照。"

"我们当然会尽力的。再坚持两三个月吧,也请你这样鼓励一下其他患者。"

"明白了。真是太感谢了!"

相泽又低了一下头。

和患者代表谈话一个小时后,风间讲师走进了教授的房间。

"谈得怎么样?"

可知教授一看见风间便站了起来。

"总算摆平了。"

"那么,不用我们答复那封信了?"

"真是不好对付,还嚷嚷要去找报社。好说歹说才把他稳住。"

"你辛苦了。"

教授难得地拍了拍风间的肩膀。

"坐吧。"

教授和风间面对面坐在了沙发上。

"太好了。我一直很担心呢。"

"不过,得按学用患者补偿他们一下。"

"刚才我和办公室协商过了,人数多了些,这次就算了,下不为例。"

"他们也真看了不少书,说话得特别小心。"

"是吗?真是太好了。"

教授立刻叫秘书沏杯红茶来。

"教授,美国的一家杂志来信询问要不要在其杂志上刊登异种骨的论文,您看怎么答复?"

"你觉得有把握吗?"

"您指哪方面?"

"成绩并不是很理想啊。"

"没关系。能上这家杂志很不容易,最好不要错过这次机会。就用那些数据,应该没有问题。"

"那就寄去吧。"

"在国外,异种骨的论文也有很大反响的。我已经翻译好了,可以的话就用它,行吗?"

"你可真是个快手啊。"

"我有这个预感。"风间讲师笑着说。

教授也微笑着点点头。

"好,回头拿给我看看。"

秘书端来了刚沏好的红茶,可知教授香甜地喝了一口。

"昨天晚上,T大教授给我来了个电话,说那件事基本上没有问题。"

"那可太好了。"

离T大教授的评选还有两个月。据说,可知教授和帝北大的角田教授是极有实力的候选人,不过,似乎T大教授会更倾向于选可知教授。

"多亏了你们的支持呀。"

可知教授的嘴角露出了笑意。

"这可真该庆祝啊。"

"还太早,等正式定下来再说吧。不过,到时候你也得做好准备呀。"

"我吗?"

"我肯定会推荐你当我的继任啦。"

"可是,真野呢?"

"他的确是做学问的人,但是缺乏领导能力。而且,我正打算让他去中央医院呢。"

"真的吗?"

"就在今年十月。去那家大医院当副院长,他应该没有什么不满吧。"

"这么说……"

"这个大学就剩下你一个人了。可能还要从 T 大来一个候补，这也没关系。这里是你的母校，当然会选你了。"

"我并没有奢望当您的继任，只是骨移植的研究还没搞完……"

"这个部门没有人能超越你才能了，你要有自信啊。"

"谢谢。"

风间讲师低了低头，忽然又露出了不安的表情：

"那位 T 大来的候补是谁呀？"

"据说是还是讲师的东田君吧。你比他强多了。无论是临床技术还是论文数量，他都不如你。不用担心。"

"知道了。"

"刚才真野君的事，我只跟他本人说了，先不要让大家知道。"

"好的。"

风间讲师心想："怪不得这几天真野副教授无精打采的。"

危机

1

十月初，院里突然发布了真野副教授调到中央医院的人事变动公告。

整形外科以及与东都大学有关的人，听说这件事后，都觉得无法相信。现职教授要去T大的关口，副教授却先离开大学，这是非常罕见的。

但细细一想，这也是预料之中的人事变动。真野副教授在这个时候离开大学，意味着他完全失去了升格为教授的可能性。

据说，得知自己被调任中央医院时，真野副教授很平静。

大学医院在进行人事调动时，如果被调动者本人不愿意，也可以拒绝，尤其像东都大学这样的国立医院，其医师作为大学公务员，有着基本的权益保障。

可是，即使拒绝，如果与作为当权者的可知教授合不来的话，也很难待下去。

真野副教授似乎做好了早晚会离开东都大学的思想准备。教授和副教授表面上客客气气的,实际上却合不来,这是两人心照不宣的。

对真野副教授来说,即便出去,也希望去某个大学当教授,即使不是像东都大学那么大的医院,至少教授是一个部门的主宰,研究和临床都能按照自己的意愿推行。

东都大学出身者要去别处当教授的话,从其势力范围来看,从东京到关东圈内的大学都可以接纳,但是,目前这一范围内没有适合的空位。而且,像东都大学这样没有学派的地方,只要主任教授不极力推荐的话,想到达教授的位置是很难的。

"我觉得像您这么优秀的医师去当中央医院的副院长太屈才了。"看到公告的时候,坂井坦率地对真野说道。

真野虽然是个冷静而清高的人,但坂井在临床和研究方面,得到了真野不少的指导。

"可知教授去T大之后,我觉得由您来继任最合适。"

"但是,做学问并不一定非得在大学呀,不管在哪里,只要有心都能行。"

"您去了中央医院以后,我可以常去看您吗?"

"可以。"

中央大学和东都大学在同一条交通线路上,距离不太远。它是个有四百个床位的综合医院,在城西一带很有名。

"我早晚也得离开医院,到时候去您的医院可以吗?"

"如果有名额的话。"

这就是真野副教授的与众不同之处,仰慕他的部下拜托他时,他并不马上说"你来吧"。当然没有空额是不行的,但也不必现在这么说。这要是换成风间讲师,先不管能不能行,肯定会拍拍对方的肩膀说"我等你"的。

真野副教授虽然优秀,却没有亲和力。这也许就是尽管受到大家的赞赏,却没能再往上走一步的原因吧。

十月十日,真野副教授就正式离开大学,去中央医院了。

他把自己掏腰包买的保存同种骨的灭菌冰箱也带走了。

"同种骨的研究这回算是结束了。"坂井望着空荡荡的研究室说道。

"风间的时代就要开始了。"

这正是大家共同的感觉。

到了今年,新谷讲师和真野副教授这两个竞争者相继离开了东都。只剩下世本讲师一个人,而他是专门从事康复研究的,不属于主流,况且他既没有当教授的野心,也不是那块料。

这样终于完成了可知与风间之间的过渡,可知教授就任T大教授的同时,权力便移交给风间讲师。

事实也证明了这一点,在真野副教授调任的同时,风间讲师便提升为副教授。

可知教授去T大后,东都大学就要进行继任教授的评选,比起讲师来,当然是副教授更有利了。这些都是可知教授对风间讲师的关照。

在风间讲师升格为副教授的同时,整形外科再一次组成了异种骨研究组。

风间副教授对异种骨的临床应用仍然没有死心。他打算从冬天开始进行第二轮人体实验。上次异种骨的制作过程有问题,招致了实验失败。这次他准备将经过改进的异种骨应用于人体手术。

风间副教授给它命名为"KK骨2"。前面的K是可知教授的第一个字母,后面的K是自己名字的第一个字母,2是第二次改良的意思。

"这次研究,打算在明年的学会上作为异种骨研究的第二篇研究论文发表。"

在十月份第三周的例会上,风间副教授向大家宣布了这一决定。

"这次实验一定要认真选择病例,慎重地进行研究。"

听他的话外之音,似乎失败的原因在患者。这一自信也可以说是推进研究的动力。他就这样再一次大张旗鼓地开始了异种骨研究。

新组成的骨移植研究组成员,全部专攻异种骨。像坂井、川野、菊池等原同种骨研究组的成员,也被吸收进了异种骨研究组。真野副教授已经不在了,没有必要为同种骨分散精力了。

上次为了赶上学会,连不适合手术的人也住了院。

"你真打算搞异种骨研究吗?"新的研究计划发表后,小田问坂井。

"既然上面这么说,不干行吗?"

"可是,前不久你还说'异种骨研究一钱不值,是杀人'呢。"

"现在我也这么想。"

"那你为什么还干呢?"

"我当然不情愿参加这样的研究组了。可是你也知道,我没有学位。说实话,我很想早点拿到学位。真野的确是又正派又优秀的研究者,可他不太关心我们的学位问题。'只要努力搞研究,自然就会有学位了。'这是他的想法。可我根本不想当什么学者。不,应该说是没有这个能力,也不适合。我早晚得接家父的班,自己开诊所,可能的话,我很想去真野的医院进行临床实践,为开诊所做准备。不过这也需要学位。在大学里,博士头衔并没有太大的意义,而自己开诊所就很有价值了。外行人一看见这样的名片,都会非常钦佩的。"

"那么,你是为了学位才来异种骨研究组的吗?"

"风间作为研究者,是有他的问题。比如把患者看作实验材料,若无其事地写虚假的论文。但是,他指导论文相对也快。他对自己的研究组成员非常关照,能够很快地帮忙决定论文的选题。作为学者,其良心或许有问题,但他对晚辈倒是很尽心。你和我同期,可你已经写好了论文,你不是也多亏了在风间手下工作才完成论文的吗?"

"也许可以这么说吧……"

"我现在只想尽快完成论文,拿到学位,然后就离开这儿。"

"你的心情我理解,可是,你如果抱着这样无所谓的态度的话,肯定会被风间看出来。他肯定会想,这家伙不尊敬我,只是为了学位才来我这儿的。"

"你就尊敬风间吗?"

"也尊敬也不尊敬。风间的确有他的问题。不过,再怎么说,他现在负责咱们这儿的研究工作。在外人看来,似乎是以教授为中心,论文最前面的署名是教授,其实搞研究的是风间。现在教授的脑子里只想着 T 大教授的事。再说一遍,今后负责这个部门的是风间。人体实验是有问题,但是,医学就是这样进步的。这次的改良 KK 骨 2,就是在上次失败的基础上才研究出来的。在这个意义上,上次也不能单纯说是失败。"

"你真是变了,和风间一样,学会为自己狡辩了。"

"你也正在加入我们一伙呀。你也同样自私啊。"

"你说什么……"坂井怒不可遏地问。

"算了,咱们自己瞎争个什么劲儿啊。"小田说着从白大褂口袋里掏出烟来,递给坂井一支。

"反正现在咱们这儿就等着教授去T大了。现在的教授去了T大,风间当了教授,情况就会有变化了。"

"怎么变呢?"

"虽说现在风间起着主要作用,但也一直是在教授的阴影下。即使他当了副教授,和我们这些平头百姓也差不了多少。按理说,他夹在教授和咱们中间,本应挺不好受,可他却能左右逢源。去年的人体实验也不是风间自己想搞的。风间真实的想法是先把基础实验搞得扎实一些。可是教授着急,他是被教授逼着不得不搞的。风间把这个责任全都扛下来了,挺可怜的。"

"这我知道,可是风间也没有白辛苦啊。"

"你是说当了副教授吗?"

"当教授不也是板上钉钉了吗?"

"这有什么不好?只要是民族资本,谁都一样。风间正经是咱们大学毕业的,是咱们的前辈啊。"

坂井忽然觉得好笑,把母校毕业的人比喻成民族资本,这种夸张的说法使他觉得很滑稽。

仔细一想,对风间的亲切感也许就来自校友这层关系吧。

"总之,风间当了教授后情况会有变化,整形外科多少会让人感觉舒服一些的。"

"可是,我原来是同种骨研究组的。"

"风间对依靠自己的人是不太计较的。反正,咱们就等着看他们评教授的热闹吧。"

小田说完,悠然地吸了一口烟。

2

十一月的第一个星期二,进行了T大整形外科继任教授评选。选举的结果将立刻通知东都大学的可知教授。

这一天的下午是手术日,可知教授没有手术,一直待在教授室里,一步也没有离开。

教授会两点开始,差不多该接到通知结果的电话了。

一般来说,医学部的教授评选,会在因前任教授退休等原因而空出教授席位时,向全国各大学发出推荐教授人选通知的。然后,将自荐和他荐的人选控制在两三名,由T大教授会做最后决定。形式上是从全国招募优秀人才,实际上只是两三个候选人之间的竞争。

今年也是如此。当初有力的竞争者,中荣大学的宫岛教授最近因患肝病住院,退出了竞争,所以,这次实质上只是东都大学的可知教授和帝北大学的角田教授二人的竞争,选票不太可能分散给其他人。

二人都是T大出身,现任教授,从以往的业绩来看,也都是当之无愧的。而且,他们都不到五十岁,当教授已经十年以上,能够主持研究室的工作。此外,人际关系以及与其他大学的关系方面也都没有问题。

从向全国广招人才的角度上看,无论从哪所大学毕业,都应该有资格参评,但是,T大从来没有选过T大毕业生以外的人当教授。这也是T大这样的精英集团特有的惯例。

无论如何,对可知教授来说,这是回归母校的最后机会。

下午三点半,教授室里的电话响了。

可知教授拿起电话听筒,秘书说:"是T大藤本教授打来的。"

"接过来。"可知教授特意一字一句地说。

切换音过后,传来了藤本教授的声音:

"喂,我是藤本。"

霎时间,可知教授屏住了呼吸。

"恭喜你。刚才教授会评选你为继任教授。"

"真的吗?"

"26票对13票,你获得压倒性的胜利。"

"谢谢。"

握着听筒,可知教授深深地低下了头。

"这我就放心了。从下个月开始,你就是T大教授了。事务长回头会跟你联系的。好好干吧。"

"真是太感谢了!我想今天晚上就去拜访您,以表谢意!"

"不着急。今天晚上你先放松放松,和夫人一起庆祝庆祝吧。"藤本教授很爽快地说。

不过,他的话音里带着些凄凉。尽管弟子升格为教授让他高兴,但这也意味着自己即将离任。

"给先生添了这么多麻烦,不知该怎么感谢才好。"

"不用那么客气了。你的继任没有问题吧?"

"那是当然。我已经准备好了。"

"拜托了。再见。"

"非常感谢！明天我再去拜访您。"

可知教授又一次握着听筒,向看不见的藤本教授深深地低了一下头。

可知教授当上 T 大教授的消息第二天就在东都大学以及兄弟医院中间传开了。

医学部现任教授的变更,并不仅仅是一所大学的事情,还关系到接受大学派遣医师的医院所有的人事。医学部教授的变动,说得夸张一点,就像更换了一国国君一般,由此将引发从副教授、讲师直至兄弟医院的主任医师一级的人事更迭。

虽是同一大学毕业的,因当选的教授不同,做法也不相同,对人的好恶也不一样。

由于可知教授的当选,T 大现任的副教授、讲师的变更也在所难免。虽然不会立即变动,早晚会按照可知教授的喜好而逐渐变更,而且这一变更还会波及东都大学。

首先,随着可知教授调任 T 大,明年一开春,就会进行继任教授的评选。这虽然是早就可以预料到的事,可是一旦真的发生,情况就不同了,每个人的表情都流露出紧张。

这是对将要产生的新教授这一事实的紧张感,并不是对今后自己会怎么样的担忧。

与其说是惊讶,这更接近于这一天早晚要来的感觉。根据前一段时间情况,大家已经推断出,可知教授的继任是风间副教授,这几乎已经被大家当作既定事实接受了。

事实上,除了风间副教授以外,也确实没有其他更合适的人选了。从以往的经验和业绩来看,能够和他抗衡的也只有真野副教授,可真野已经不在大学了。不可能把刚刚调到地方医院去的人再招回来。从离开大学的那一天起,真野就对当教授这件事绝望了。

此外,还有在真野当上副教授之前已经是副教授的串本医师和去了S市的新谷讲师。串本已经五十多岁了,已经过了当教授的年龄。而新谷讲师,四月刚刚离开了大学,而且无论从研究业绩和临床技术来看,他都比风间副教授差了一大截。

尽管有这样那样的问题,但比较这些条件,只有风间副教授是最佳人选。

如果一定要评选的话,就要从东都大学以外去选,但是,目前还没有具有竞争力的候选人。院方形式上向全国征求了应募者,但是,"东都有风间呢"这一句话,就让其他大学不好推荐了。说实话,即便被推荐上来,被推荐者也很难堪。

然而,从广招人才这一大学的基本方针来说,候选人只有一个人,没有竞争也不太光彩。这样就等于已经内定了。因此,可以猜得到,除了风间副教授外,还会从T大推荐一位候选人来参加继任教授的评选。

东都大学里T大毕业的教授很多,可知教授就是。东都大学离东京很近,从医专时代就和T大有着密切交流,即便如此,T大出身的教授也过多了。目前,包括可知教授在内,教授中有一半是T大毕业的。

近来,地方大学的民族主义日益盛行,所以东都大学这种情况应该说是非常罕见的。由于这些原因,这次由T大推荐候选人的气氛相当浓厚。

但是,既然有了风间副教授,T大来的候选人至多是个陪衬。

风间副教授才气超群,才能不限于整形外科,东都大学的教授们也都很了解。风间自己为了这一天,也一直小心翼翼地不和教授们发生摩擦。即便T大派来了竞争者,也没什么可怕的。从避开了无竞争状态的角度说,也算是件好事。

得知可知教授当上了T大教授后,风间副教授立即去教授室表示祝贺。

"恭喜您!"

"谢谢。"

可知教授主动向风间伸出了手:

"多亏你了。"

"说的哪里话。这都是先生的能耐。"

"算是幸运吧。"可知教授长长地吐出一口气。

听说选举之前,可知教授和帝北的角田教授不分上下。可知教授也就多出两三票左右的样子,并不十分乐观。而选举结果出来后,竟然有十票之差,让人意想不到。

年龄上,可知教授比对手年轻两岁,也许是这一清新气息帮了他的忙,再加上可知教授进行的研究也引起了很大的反响。

角田教授也在进行研究,但大多是与基础医学相关的一般性研究。他的性格也属于比较沉静的类型。和他相比,可知教授才华横溢,总能捕捉到具有前瞻性的课题,动手也很快。说好听点,是具有行动力;说不好听点,是急功近利。在评选教授之前的学会上,发表异种骨移植这样标新立异的研究报告,也是可知教授特有的做法。

其实,在这次的选举中,发挥了最大作用的是藤本教授。

藤本教授退休后,会得到名誉教授的头衔,去当神奈川县国立医院的院长。尽管已经和大学没有关系了,但对谁来接替自己,他还是很关心的。

要把十五年来苦心经营的整形外科交出去,当然尽可能要交给自己喜欢的、和自己投缘的人。这样,即使自己离开大学,也能够在一定程度上保持影响力。

从这一点来看,可知教授比角田教授更有利。角田虽说不是那么冷冰冰的人,却不像可知教授那样会周旋。人都喜欢与自己亲近的人,随着年龄的增长,这一倾向就越来越强烈。一定是这个缘故,藤本教授才偏向可知教授的。

评选教授时,离任的教授只有一票的权利。不管他本人怎么想,一票都左右不了大局。不过教授可以利用现任教授的优势去拜托其他教授。

"请务必投可知君一票。"

这么拜托的话,其他教授也不能无视。他们都不是这个领域的专家,很难对可知和角田二人的业绩和临床技术做出正确的判断。

如果他们听到"可知君无论在研究还是工作上都很优秀"的评价,就会认为是这么回事,而且又是将要退休的教授这么拜托的,碍于人情也会投这边的票。这么一来,最后就会有五六票从角田那里转去可知那里。

总之,这一差距是人们没有预料到的。

"那么,您什么时候去T大上任呢?"

"藤本先生下周讲完最后一堂课,就去国立医院了。正式上任应该是十二月一日,我打算十二月去T大。"

"那么这个月您能待到月底了?"

"可能有点儿碍事,先让我待一阵子吧。"

"看您说的。您要是不在的话,咱们科该乱套了。"

"不会的。你完全能够胜任的。继任教授的选举由事务局决定,大概是一月中旬吧。"

"真快呀。"

"教授的位置空着不太好,我会常来的,你当选应该是没有问题的。不过,正式当选前,要谨慎行事。"

"我明白。"

风间当教授几乎是铁定的了,可是,可知教授还是用不无担心的口吻嘱咐他。到了最后,教授都没有忘记控制风间,要风间知道:"离开了我,你就危险了。"

"我全都靠您了,请多关照!"

总之,在当上教授之前,是一个忍字。风间又一次深深低下了头。

"通观现在的学术界,没有比你更能干的了。"

"哪里。我所做的一切都是在您的指点之下,您不在的话,那个研究就很难推进了。"

教授和副教授互相吹捧着。

在内心里,两人却都在窥探着对方。

3

自从就任T大教授的事已成定局后,可知教授在大学的时间明显减少了。

东都大学的整形外科,每周一是总巡诊,周二和周五的上午是教授门诊日。此外,教授的手术日是周二的下午和周五的下午,周五另有科里的会议。以前,只要不是去参加学术会或出差,这些工作可知教授都会参加,而最近,且不说门诊,就连总巡诊都停止了。

"教授到哪儿去了?"大家奇怪地问秘书。

秘书只是回答:"有事出去了。"

"又去T大了。"大家不满地嘟哝着。

自从回T大的事定下来后,可知教授就在大学里待不住了。他的心已经飞到了T大,整天忙于拜访应酬T大的各位教授。

教授不在了,自然显出了风间副教授的作用。从总巡诊到开会、教授门诊全由风间副教授一手包揽。

现在,东都大学整形外科就如同风间副教授在主持一样。

一人扮演教授和副教授两个角色,想来一定是相当忙碌的,但是,风间副教授丝毫没有现出疲惫的神色。看上去反而比今年开春时更精神,气色更好。他个头小,动作本来就十分敏捷,现在更显得干劲儿十足。

整形外科的实权在握,教授的目标又近在咫尺,所以他越来越有劲头了。

尽管工作繁忙,风间副教授也没有忽略细小的地方。

风间抓住偶尔回来的可知教授,向他汇报科里的情况,重要的事都一一请示。虽说实际上都是他一个人忙里忙外,却没有忘记奉承教授。

此外,风间对大学里的其他教授也很上心。比如,前几天,第二内科五十岚教授的儿子从楼梯上摔下来,被抬到了科里。照了X光片,是小腿骨折,打上石膏就足够了。一般遇到这种情况,都是下面的医师去处理,副教授从不亲自动手,而这次是风间副教授亲自为其打石膏。

教授评选时,五十岚教授也握有宝贵的一票,大概风间想在评选前,尽最大的努力给对方留下好印象吧。

对其他教授的门诊托付,他也都很认真地诊断,亲自写病历。虽说每个医师都是这么做的,但风间副教授特别仔细。在走廊上或手术室里碰上其他教授时,他也必定退后一步,恭敬地垂下头。如果对方向他问话,他也非常恭敬地回答。

以前他经常带着科里的医师去外面喝酒,最近也不太去了。尽管他原本就不近女色,但是弄不好也会被人捕风捉影。与其被教授们碰见再辩解,不如根本就不去。

总之,在教授评选之前,就像是处于缓刑期间。当上教授之前,无论于公于私,还是小心谨慎最保险。

可知教授在教授评选前也不太出去,谨慎小心,但他本人不在T大,比风间要轻松多了。而风间副教授和投票的人在同一个单位,因而也就要多费些心思。一句话,面对这些教授,风间副教授的表现是很微妙的。太积极了,会被人讥笑;太冷漠了,也要被人说成是高傲。

不过当上教授就万事大吉了,尤其像东都大学这样的国立医院,身份有保障,不至于动不动就被辞退。只要不出现重大失误,就会一直安然无恙。

对风间副教授来说,眼下正是生死关头。

过了年的一月初,在东都大学的会议室里,可知教授离职的同时,院方发布了继任教授的考评日程安排。根据这一日程,评选是在一月二十七日的周一教授会上,全体进行投票。

同时，教授候补缩小到两个人。其中一人是风间副教授，另一个人是T大推荐来的水口知春副教授。

风间副教授一听到这个名字，就追问道：

"真的是水口吗？"

"好像是他。"可知教授不了解内情似的回答。

对T大会推荐谁来，风间也猜测过。他以为最多是讲师程度的年轻人，万万没想到是水口副教授。他任T大的副教授快五年了，年龄也五十多了。毕业时间比可知教授还要早。和其他讲师相比，地位要高多了。

T大推荐来这样重量级人物，说明是相当重视的。如果是讲师级别的人的话，即使落选，下次还有机会，而水口副教授落选的话，则关系到T大的面子。他既然来参选，应该是以当选为前提的。

"那位先生没有去别的医院吗？"

到了T大的副教授的程度，应该有地方大学来聘教授的，他一直没有接受，大概是不想离开T大。听说去年九州大学就来请过他，他自己不愿意去。最近，传闻说可知教授荣归T大同时，他当了位于千叶的国立医院的院长。

T大的医师们也这么说，风间以为真是这么回事，谁知突然起了变化。

"这到底是怎么回事？"

"我也不太清楚，大概他还是想以教授的身份出来吧。"

可知教授说得很轻松，对风间来说，可就是件严重的事了。如果水口副教授来东都大学，就等于风间失去了当教授的机会。

"我原来以为T大只是做做样子呢。"

"我也是这么想的。关于水口，藤本教授也没对我说过什么。"

"水口是个大人物,我对自己没有信心。"

"不用那么悲观。再怎么说你也是这个大学毕业的,又很有建树,就算水口来,也不会影响你的。"

但是,风间还是放不下心,教授会里有一半人是T大来的。

"无论怎么说,你也是咱们科的功臣,我一定会帮你的,放心吧。"

听可知教授这么一说,风间又有了信心。可知教授只要对T大的教授们做做工作,就能减少流向水口副教授的票数。

风间副教授多少放了心,为保险起见,他又和同学会和同门会的会长见了面。

同学会是东都大学医学部毕业生的组织,对大学的人事有一定的发言权。虽然不能介入教授的选举,却可以提出倾向性意见。

同学会的会长是比风间副教授早十八届的保谷医师,在多摩经营着一个有着二百张床位的大医院,也是该地医师会的负责人。

风间副教授拜访了保谷医师,大概说明了一下目前的情况。

"我并不是非要当教授不可,但是如果水口副教授到东都大学来的话,我们大学的地盘就得让T大的占领了。"

风间副教授只有煽动母校的民族主义,以求同学会的援助。

"如果T大毕业的人继续增加的话,东都大学就快成了T大的殖民地了……"

"我明白。那么,可知教授是什么意思?"

"他说当然会支持我。"

"那你应该不成问题了。"

"可是,对手是水口啊。"

先不说实力和是否有前途,就现在来看,水口要占优势。在学会等场合相遇时,风间也要低他一头。

"作为同学会的成员当然希望本校毕业的人当教授,这是不言而喻的。不过,现在突然向教授会提交建议书有点儿不合适。因为原则上评选教授是向全国招募的。在这个意义上,T大的优秀副教授来应募是无可指责的。现在反对的话,会给人留下我们大学肚量狭窄且总是本校毕业生优先的印象。所以,目前不好立刻行动,看看情况再说,你看怎么样?"

保谷说的不无道理,但风间副教授却做不到这么悠然。

"水谷一直留在T大,这次突然来东都应募,真让人费解。"

"不过,既然有可知教授推荐你,应该是没有问题的。总之,现在还是不要盲目行动,静观为宜。"

同学会会长既然这么说了,风间只好告辞。

可是,他还是不放心,接着又去拜访了同门会的村中医生。

同门会会员都是原东都大学整形外科的。会长比风间高十届,在都内开诊所。风间对他也同样说了一遍,不同的是,比对同学会会长说要直露些。

"这可是个问题。"

身躯硕大的村中会长坐进沙发,思考起来。

同门会的成员和同学会的成员不同,这是关系到他们自己的将来的问题,所以很看重。

举个简单的例子,他自己去国外旅游或者参加学会时,都要拜托大学安排值班医师。如果和新任教授关系不好的话,就不太好办。另外,请大学帮助治疗患者以及拜托接受住院患者都成问题。

即便从大学出来了,医师们也会和大学有着千丝万缕的关系。

"我们当然是希望你当教授,但是,并不是所有的人都持这个意见。"

"这是什么意思?"

"实话跟你说吧,听说有些人对你不太满意呢。"

虽说村中是开诊所的医师,但比风间早十期,说话也没什么顾忌。

"你很优秀,临床技术和医学研究也很出色。但是,在你们科有一部分人,对你的评价似乎不太好。如果全科的人和同门会一致推荐的话,当然不成问题了。我们自然很愿意提交这样的请愿书。"

村中会长指的大概是新谷讲师和真野副教授被赶出医院的事,有人认为是风间在幕后捣鬼,所以对他很反感。

"这是可知教授的意思,不是我一个人能决定的……"

"这我知道,可它会影响到评选。"

"我当上教授的话,一定会有所改进的。"

"总之,着急也没有用,我马上召集各期代表商量一下。"

同门会会长虽然说了些不中听的话,但从根本上对风间晋升教授是没有异议的。

同学会和同门会的期望不会对教授会有直接的影响。医学部的教授选举,归根结底是每个教授投票决定的。无论是同学会会长还是同门会会长,都没有投票权。

但是,同学会和同门会可以对教授们提出希望某某人当教授的建议。

同学会基本上是由本校的毕业生组成的。作为其代表意向,推荐了某人的话,教授会也不能无视。在历史悠久的大学里,毕业生有一定的发言权,所以教授们都是尽可能地尊重这个意向。

同门会也是一样,虽然没有直接的发言权,但对教授们的心理影响很大。同门会由过去在大学待过的人和现在在大学的人组成。曾经在大学的医师们,现在或开诊所了,或去其他医院工作了。他们是前辈。与此相对应的科内会议,现职医师全体都要参加。这些医师一致推荐或反对的话,事情就会复杂起来。

在新教授手下工作的人的意见影响力很大。

过去在医学部,对新教授的人事变动,一般人很难产生影响。至少在国立医院都是听上面的安排。可是,现在是万事民主主义的时代,不能无视周围的人和下面的人的意见。

当然,对教授们来说,无论谁当教授都不是自己部门的事,因此,能够轻松地按照自己的好恶来选。

有时,同门会和医师们的反对,反而会招致教授们的反感,而故意投给另一方,很难说没有性情乖戾的教授,他们会觉得下面的人说三道四是越权行为。已经当了教授的人,对底下人的发言权增强,有着本能的警惕。

东都大学曾经有一个部门,全科一致提出了希望某人当教授的请愿书。

结果却是另一个人当选了,后来有一段时间,全科人都不和教授说话,关系非常紧张。

尽管教授握有绝对的权利,但下面的人团结起来对抗的话,他也无计可施。

但是,最后此举还是失败了。起初,大家团结一致进行对抗;后来,逐渐出现了追随教授的人。

就像工会里又出了一个工会一样。一旦出现了这样的人,组织就会渐渐瓦解,最后得了势的教授,将曾经反对过自己的重要人物一个接一个地赶到地方医院去了。

一年后,科里就只剩下教授喜欢的人,气氛完全变了。

即便同学会和同门会进行运作,也不是那么简单的。不尽力会招致埋怨,太尽力又会起反作用。

听了风间副教授的想法,同学会会长保谷表示一个星期后召开干事会,商量这件事。说是干事会,其实也就是在京的干事参加。

商量的结果仍然是"作为同学会,不宜对继任教授人选具体表态"。

当然,他们不希望其他大学的人入侵自己的母校。可能的话,他们还是希望东都大学毕业的人当教授。

可是,明确地推荐风间副教授又怕弄巧成拙。同学会的宗旨是母校毕业者的和睦团体,同时也是对母校的发展做出贡献的团体。

站在这个角度考虑,如果不让风间当教授,虽然会破坏同学会的和睦,但并不会妨碍发展,特别是这次从T大来的水口副教授的人品、学识都没有问题。他虽不是东都大学毕业的,但业绩绝对不在风间副教授之下。他们也不愿意跟此人闹别扭。

"总而言之,同学会这样的组织,不好指名道姓地推荐教授候选人。"保谷会长在电话里跟风间这样解释。

"我很理解会长。让您费了不少心思,不好意思。"风间副教授沉静地回答。

"虽然不能明确表态,但我们会在暗地里支持你的。"

"谢谢。"现在风间副教授也只能这么说。

可以的话,他希望通过同学会的人直接向教授们做工作。同学会的干事中有好几个人和一些教授是同期的。

可是,又不能把话说得那么露骨。

也许光是"我们支持你"这一句话,风间就该知足了。

同门会的村中会长的答复还要复杂一些。

他特意到东都大学来,对风间副教授说:

"这事挺棘手的。"

村中医师说着,点上一支烟,有些为难地说道:

"直说吧,有人说你的临床技术和研究业绩很优秀,但同门会不该推荐。当然这是个人的好恶问题,也没办法,可是,一个决议如果在会里通不过,是不行的。"

"反对的人是最近从科里出去的人吗?"

"具体是谁我不能说,同门会里的情况也很复杂。"

"我大概也猜得出。"

"你也别想太多了。总之,大家觉得同门会提出意见书显得对评选过于热心了。"

"明白了。"

"我个人当然希望你当教授。大多数人都是这么想的。只有一小部分人反对。"

见风间副教授脸色突然一变,村中讲师感到很不安,如果风间副教授当上教授的话,说不定会报复的。

"大家的意思是,即使不推荐,你的问题也不大。风间副教授有实力,论文也多。如果本来就能当上的话,还是不要乱做什么工作为好,自然而然当选是最理想的。"

"情况没有那么乐观啊。"

"可知教授不是会给你使劲儿的吗?"

"应该是这样,可他满脑子想的都是T大的事。这次来的水口副教授又是可知教授的前辈,他也不好明着地推举我……"

"不过,我听说投票结果的比例很可能是七比三,最坏也是六比四,你占有优势呢。"

"那只是传言而已。"

风间副教授苦笑了一下。

"我个人是非常希望你当选的。我会尽我的所能帮你的,你也努力争取吧。"

"可我现在不知道该做些什么。"

风间副教授又露出了嘲讽的微笑。

这一周,风间副教授拜见了一些人,并且估算了好几次票数。

他先把所有的教授名字写下来,然后确认有可能投自己票的人。

当然并没有问过教授本人,而是根据接触时的印象或感觉,对感觉有这个可能的人进行了统计。

现在东都大学里,临床和基础研究加起来总共三十二位教授,其中药理学的上原教授因病休假,实际上是三十一人。

过半数的话,就是十六人。

在风间的统计中,有十四人可以确保投他的票。从这些教授平日的态度及其经历来看,是对他抱有好感的。

另外还有五人,似乎也对自己比较有好感。

合起来就是十九票了。这已经超过半数了。

同门会的村中会长说的七比三或六比四是上线。不知他是从哪里听来的,俗话说无风不起浪,看来他可以对自己抱有信心了。

然而，一切只能等待选举的结果。

这十九名有可能投自己票的教授中，有六人是T大毕业的。如果其中两人投票给水口的话，情况就严峻了。

当然，不能说其他教授中就没有人投自己的票，而且其中还有三人是东都大学毕业的，要是这些人给他投票的话，就问题不大了。

"不会有问题的……"

风间是个细心的人，从做手术和搞实验来看，他非常胆大而且有魄力，其实，许多事他私下是做了充分计算的。

正是这样，他才能有今天的成就。所以，现在的情况还是不能让他安心，不能满足于"不会有问题"，而应该做到"绝对没有问题"。

拜见同学会和同门会会长也是他精细的体现。反正把该做的都做了。该做的事不做，自以为占有优势地观望等待，不符合他的个性。

风间最遗憾的，是没有与自己同期的教授。风间在同期中是冒尖的，同期中还没有教授也是正常的。

如果同期中有人当了教授的话，就能通过这个人去做教授们的工作。本人去说不太方便，若是同期的教授说上一句"请多关照"，就显得很自然，对同期的教授来说也不吃亏。

而且，拜托同期的教授帮忙也不用有什么忌讳，甚至可以直截了当地说："为了拉票，花点钱也行。"

可是，现在就难了。既不好这么拜托可知教授，也不能自己去跟教授们直言。

又没有可以替代的人。

没有同期教授,是出头太早的人的悲剧。

到了现在,风间才深切地感受到自己是孤零零的。

这次采取竞选什么样的作战方式,他也没有人可以倾谈。

同期留校的五个人现在都走了,或是开诊所,或是去了地方医院。

如果和他们其中一个关系亲密的话,至少可以推心置腹地聊一聊。可是,他们对风间都很冷淡。

"那个家伙总是踩着别人往上爬。"他们对风间一直抱有这样的印象。

其后遗症现在终于显露了出来。

4

风间副教授过着心神不宁的日子。

虽说他自己占有优势,但又无法确认。大家都说没问题,可是,越这么说,他越担心。晚上,他偶尔会想象自己落选的情景。事情一到自己这儿,人总是爱往坏处想。

到了这个地步,当不上教授就等于前功尽弃。留校后他一直拿着微薄的薪金,努力学习没有任何意义。追随他并不喜欢的可知教授,为其鞍前马后地效力,说到底,完全是为了接替他的教授位置。

当然,风间一开始并不是为了当教授而留校的。

在大学医院给患者看病、搞研究的过程中,他渐渐对研究有了兴趣,后来逐渐从同事们中脱颖而出,甚至超越了前辈,终于发展到竞争教授的阶段。不管他喜不喜欢,他最终的目标是登上最高的位置。人类社会无论哪里都会有竞争的。

事到如今,他是不能落败的。失败的话,就无法在大学待下去了。现在已经不是可进可退了,而是只能前进。

如果水口副教授作为教授进来的话,科里的人事和气氛都要发生变化。新任教授必然会对原来教授的人敬而远之,这与人的能力无关,总之,是排除异己。这和异种骨的排斥反应差不多。

教授变了,不光是下面的人,就连有高级职称的人也要做好被更换的思想准备。说不定,水口教授会把自己在T大的部下带来。

一般的医师尚且免不了被驱逐,更何况曾经和新教授争夺过教授席位的人了。

即使没有被立刻赶走,几个月内也得自己离开大学,这是常识。

风间梦见自己一个人走在海边的街道上。这地方像是房总,又像是伊豆,可以肯定是一个沿海的小镇。

这时,几个骑自行车的农家主妇,向他问候着"早上好",迎面骑了过去。

太阳照在他的身上,暖洋洋的,大海碧蓝如洗。城里的人说,要是在这样的地方悠然度日该有多么惬意啊。可是说归说,在这里待上一两天,人们便会因觉得无聊而回都市去了。景色和空气再好,毕竟是休闲的地方。

风间提着药箱悠闲地走在乡间小路上。尽管大家都说"真是个好地方啊",可他的内心是孤独的。他被无法排遣的孤寂攫住了。

梦醒之后,他发觉自己泪流满面。他记得自己在梦里并没有哭,只是感觉遭遇了特别悲伤的事情。

这里到底是什么地方呢?

梦醒后平静地回忆,还是弄不清楚,只有莫名其妙的伤感萦绕不去。

怎么会做这样的梦呢?他想不明白,只是知道了自己现在正处于失意的低潮中。

似乎还是评教授的事让他忧心忡忡。万一落选,就得到乡下去,也许是这一心理导致这个梦的。

回想起来,那个乡间的风景,和与风间同期的尾崎去的伊豆很相似。

尾崎是四年前从大学去了伊豆镇医院的。他是个很本分的人,在学问上不如风间。尾崎走了一年后,请风间去做一个手术。风间受到了尾崎热情的接待,品尝了当天捕捞的海胆和鲍鱼。

尾崎虽然嘴上说,这里很悠闲自在,但心里很羡慕风间。尾崎送风间去车站时,一路上,不少当地人向尾崎问好。对这些问候,尾崎腼腆地回应着。

或许是那时的情景留在了风间的记忆中,才做了这个梦吧。

独自一个人时,他就变得怯懦起来,爱胡思乱想。然而,天亮以后,来到大学,自信又回来了。门诊、巡诊、手术以及研究指导等等,到处都能看到精神百倍的风间。

拜访了同学会会长和同门会会长后,风间没有再进行任何运作。

拜访他们一次,只要让他们明白"风间当上教授的话,一定会尽心竭力工作的"这一点就足够了。

他们也是东都大学毕业的,应该不会起什么不好的作用。即便有T大的副教授来参选,还是自己的后辈更知根知底,也更亲近。

正所谓"尽人事,听天命",现在他就是这样的心境。

尽管这么想,他也没有忘了该做的事。

每次见到可知教授,他都要打听和评教授有关的动向。

"您在 T 大见到水口副教授了吗?"

风间总是这样把话题往这方面引。

"没见到。"

"他想当您的继任,怎么不拜访您呢?"

"倒是见过一次,他只是简单打了个招呼。人家是前辈,可能不太方便主动来找我吧。"

"虽说是前辈,可现在您的职位比他高……"

"我倒不在乎这些。"

"我听说水口副教授正积极地给东都大学的教授们做工作呢。有这回事吗?"

"不会吧。如果有这事,应该先找我呀。"

"什么也没跟您说……"

"他是个老实人,不会那么做的。"

"我也这么想,只是有人这么说。"

"你也别太神经质了。"

"如果我能接您的班的话,打算和 T 大一起进行共同研究。"

"好啊……"

"两个大学的共同研究目前还很少,首先着手异种骨的研究,您看怎么样?"

风间这么说,意在表明即使自己当了教授,也会为可知教授效劳的决心,换句话说:"我会比 T 大的副教授更服从您的指挥,请多多支持。"可知教授当然心里很明白。

"和你共同做研究的话,一定会有成效的。"

"先生走了之后,异种骨的研究还会继续下去的。"

"这很好,不过患者会不会又闹事啊?"

"听说先生当了T大教授,患者代表相泽非常钦佩。总之,我会妥善处理的,请您放心。"

无论什么话题,风间都不忘巧妙地恭维可知教授。

一月二十一日晚,在赤坂的T饭店,东都大学整形外科召开了"可知教授荣归T大教授庆祝会"。参加者是从东都大学出去的开诊所的医师和现职医师,共六十人。

与会人数虽然很多,也只是全员的一半。有的人因病或有事不能出席,还因为可知教授在职只有短短的五年半。

但是,同门会会长、副会长以及真野副教授、新谷讲师等都出席了,可谓盛况空前。

坂井担任司仪,首先由同门会的中村会长致贺词。

贺词大意是,可知教授来东都大学时间虽然不长,却在临床和研究方面取得了显著的成绩,促进了整形外科的发展,对此深表感谢,并对荣升T大教授表示祝贺。今后还望对东都大学整形外科多多关照。

然后,风间代表整形外科发了言。

风间比较详细地叙述了可知教授来东都大学后取得的成就后,表达了对离开教授指导的惋惜之情,并希望今后能和T大作为兄弟单位进一步合作,共同发展。

可知教授站起来讲了话。他说,时间虽短,在大家的支持和努力下,过得非常愉快而有意义,深为感谢。即使去了T大,永远都不会忘记这里是自己的故乡。

可知教授顿了顿,又说:

"值得庆幸的是,我的继任有风间这样出色的人选。虽然还没有正式决定,但很可能由他来接替我担任教授。我相信,在他的领导下,整形外科会得到更大的发展。有风间副教授在,我就能放心地去T大了。"

霎时间,会场上一片感叹声。也许大家的头脑里涌起了风间时代就要到来的感慨。

可知教授讲话后,同门会会长提议干杯,开始了晚宴。

晚宴是西餐,餐桌的座位次序是从主桌开始按毕业时间前后顺序排列的。

随着气氛越来越融洽,各位同门一个接一个地致贺词,并汇报自己的近况。

虽说都是同一个部门出去的,由于不同期,大多彼此不认识,所以大家都自我介绍了一下是哪一期的,在哪个医院工作,在哪里开诊所,兴趣爱好,以及最近发生的事情。有的人酒喝多了,唱起了歌,有的趁醉说起当年被前辈欺负的趣事。

轮到真野副教授了。

他是个沉静的人,喧闹的会场顿时静了下来。真野站起来,向大家微微欠了欠身。

"我现在在中央医院,回顾在东都的日子,仍然充满了怀念。受到可知先生的许多指导,非常感谢。这次先生荣归T大是众望所归。作为曾经和先生共事过的一员,我倍感高兴。"

由于恭敬得过了头,大家不禁怀疑他是否在讽刺。

"不过,前些日子,听后辈说我和风间争教授,所以被赶了出来,这是无稽之谈。现在能接可知教授班的只有风间副教授。没有比风间来接班更让人高兴的事了。也请大家多多支持风间副教授。同时借此机会,澄清一下彼此的误会。"

真野话音刚落,有人鼓起了掌,接着传来"好样的,真野""风间,加油啊"的声音。

"哪里,应该是真野。"

有人回了一句。

"真野,你也得争取去T大呀。"

老会员都叫喊着,会场上笑声一片。

5

东都大学的可知教授的继任教授选举,于一月二十七日,星期二下午,在大学医院的二楼会议室召开。平时每周一次的教授例行会议就是在这里召开的。这次教授选举也是在例会后进行的。

按照惯例,主持人由饭冢事务局长担任。

"现在进行整形外科学的继任教授评选。"

然后,他就有关情况做了说明。

听说东都大学整形外科招募继任教授,来自全国各地的报名者,包括自荐和他荐的有好几个人。简要介绍了这方面的情况后,事务局长说:"经过预选会慎重考虑的结果,只有本校的风间诚一氏和T大副教授水口知春氏二人作为最终候选人。"

这就是说,东都大学的教授们只能把票投给这两人中的一个,当然,不同意这两人的话,也可以投弃权票,或写其他候选人的名字。但是,就现在来说,候选人无疑是缩小到了这两人身上。

教授们事先已经得到了记录着有关两位候选人的经历、著作、论文内容的小册子,教授们以此为参考,来决定投票给谁。

参加这次选举的一共有三十一人。正如猜想的那样,药理学的上原教授因病缺席而弃权。这样,过半数就是十六人,只要多一票就能通过。

事务局长说明了投票的规则后,给各位教授发了选票。投票是无记名的。

"可以开始了。"事务局长说道。

于是,教授们开始投票了。

在会议室召开教授会的时候,风间副教授待在距离医院一个小时路程的自己家里。星期二下午三点,还是上班时间,但风间不想在大学里迎接这一决定命运的时刻。

虽然大家说他肯定能当选,可是万一有变,周围有人的话很不方便。上班时间回家有些不正常,也是不得已。

投票三点开始的话,有十分钟就够了,最晚三点半以前也应该有结果了。风间在三点前就进了自己的书房,翻看着从美国新寄来的医学杂志,却一点儿也看不进去。

不久,书桌左边的座钟指向了三点。

"开始了……"

风间合上书,朝窗户看去。

他经历过从中考、高考、国家考试等许多考试。每次考试都顺利过关,但每次出结果时,他都非常紧张。有时,他还会夸张地想,要是没考上的话,我的命运就会改变了。然而,哪一次也没有这次的评选意义重大。

如果是考试的话,只要学习就会有收获。努力总会得到报偿的。

但是,这一次却不是努力学习就能得到好结果的。这不是一般的答题,成败全掌握在别人手里。

这样的评选很受人情的左右,这也是最让他担心的,然而现在再努力也来不及了。

风间深深地叹了口气。

不知可知教授在那个时候是否也是这样的心情……

风间想象着T大教授选举时可知教授的心境。当时,可知教授待在研究室里,听秘书说,可知教授在房间里来回踱步。现在的风间完全能够理解教授当时的心情了。

不同的是,可知教授已经是教授了。万一没当选,还可以继续在东都大学当他的教授。

而风间的压力就大得多了。一旦落选,风间就很难在大学里待下去了。到时候他该去哪儿呢?从一开始,他就没想过会落选,所以也没有给自己找退路。因此,现在只有等待好消息了。

桌上的钟指向了三点十分。

要是三点开始的话,快有结果了。三十一票的查票也花不了多少时间。一有结果,事务局长就会打电话通知他的。

昨天,事务局长问他"三点左右的时候,你在什么地方"时,他回答"在家",所以不会有错的。

昨天晚上,风间又仔细想了一遍,肯定自己会有十九票的。此时,他再一次数起有可能投自己票的教授们来。

"第一内科的宫田教授、解剖科的田边教授、精神科的熊谷教授、脑外科的加藤教授……"

一个一个地数,数到第十人时,电话铃响了。电话放在客厅一进门靠左边的地方。他自己去接也可以,可他有些害怕。

接电话的妻子在和对方说着什么。

"好的,好的。"妻子答应着。

妻子敲门进来了,对精神紧张的风间说:

"是永山制药的小山来的。"

"小山?"

"是关于前几天说过的去打高尔夫球的事。"

"哦……"

风间点点头,站了起来。

接过电话,对方说是预定了星期六下午的神奈川县的 K 高尔夫球场。

风间心不在焉地淡淡说了句"知道了",就挂了电话。

说实话,现在根本谈不上打高尔夫球。他正处于不进则退的人生十字路口,万一今天的教授评选落选的话,哪还有心思打高尔夫球啊!

"也不管别人什么心情……"

回到房间,风间再次打开杂志,还是一个字也看不进去。

三点半了。稍稍晚了些,是不是有争议啊?风间又把目光投向了窗外。

外面刮着风,却是个晴朗的冬日下午。蓝蓝的天空上飘着一朵白云,如同椭圆形的橄榄球。他刚刚将视线收回来,电话铃又响了。

风间不禁哆嗦了一下,朝门口望去。妻子正要从客厅出来,风间还是自己去接了电话。

"喂,我是事务局长饭冢。"

事务局长饭冢响亮的声音传了过来。

"选举刚刚结束……"

饭冢说到这儿,停顿了一下。

"结果怎么样……"

"真的很遗憾,投票的结果是水口先生……"

风间将听筒换了个手,以为自己听错了,将听筒使劲儿贴在耳朵上。

"我就是向你汇报一下这个情况,回见。"

"请等一下。"风间不甘心地喊道。

"已经肯定是水口了吗?"

"很遗憾,是这样……"

"怎么会……"风间不由自主地说。

事务局长没有说话。大概在这种情况下,饭冢也不知该说什么好。

"这是真的吗?"

"是的。"

"票数是多少?"

"水口先生十七票,先生十三票,一票弃权……就是这样一个情况。我待会儿还有个会,先挂了。"

电话挂断了。风间攥着已经没有声音的电话,呆呆地站着。

风间副教授落选的消息当天就在大学里传开了。大家听说后都非常吃惊,不停地互相问着:"怎么回事?"

谁也回答不了这个问题。这是教授们投票的结果,一般的人根本无法了解。其实,在选票结果出来后,连一些教授都觉得不可思议。

一般人都猜测,虽说两人实力接近,但风间副教授的获胜应该是毫无疑问的。教授中有相当一部分人是这样看的。

正因为如此,同学会和同门会的会长才没有进行干预。谁知结果完全出乎大家的意料。

所有的人都很吃惊,为风间叹息,而比任何人都吃惊的是风间自己。

听到结果的几分钟之后,风间给可知教授打了电话。

"刚才,事务局长给我来了电话……"

"我也是刚开完教授会回来,结果你大概已经听说了,非常遗憾。"可知教授的声音意外地沉稳。

"可是,怎么会……"

"我也不清楚。真没有想到会这样。"

"我现在可以去找您吗?"

"我今天晚上六点有个聚会。"

"……"

"明天咱们好好谈谈。不管怎么样也要镇静,不要泄气。"

现在还谈什么镇静!失去了这么重大的机会,还让人不要泄气,说得通吗?

挂断电话后,风间又回到了书房。妻子也知道了他落选的事,什么也没问。风间不知道该去哪里。他曾经想过当选之后要去的地方。本打算先给住在千叶的母亲打电话,然后给同期的同事打电话,今天晚上是准备和朋友出去喝一杯的。

从明天开始,要挨个拜访院长以及各位教授、同学会方面的人。为此,他没有安排门诊和手术。此外,制药界和一些朋友也说,你要是当选了,得请客。原本这一个月得在这些应酬中度过。

可是,这一落选,仿佛出现了一个空白。明天干什么呢?他不知道该干什么了。现在去大学只能被包围在同事们好奇和同情的目光之中。他没有心情忍受着这些。去和他们喝酒,也会让他们为难的。他又没有心情去研究室搞研究。早晚要离开这所大学,还有什么可研究的。

也没有心思约见朋友。风间心情不好,别人也会心情沉重的。

风间就这么坐在书桌前,怔怔地望着窗外。

知道结果之前还那么晴朗的天空,此时从西边露出了淡淡的红色,暮色慢慢降临了。望着变成绛红色的天空,风间恍惚觉得事务局长还会打电话来纠正刚才通知错了。

"是我弄错了。又仔细查了一遍,是先生当选了。"

这个电话会不会打来呢……

然而,绛红色变成了淡紫色,即将变成黑色了,电话仍然没有打来。

朋友们应该也知道结果了,也许是有所顾虑,没有一个人来电话。

没有开灯的房间里,变得黑乎乎的了。

"吃饭了。"妻子轻轻地敲了敲门。

风间答应了一声,悄无声息地站了起来。

6

教授选举后,风间三天没上班。

落选的打击太大了,他实在不想出门。

可是,也不能总不上班。教授评选之后,可知教授彻底去了T

大,科里目前没有人负责。

新当选的水口教授三月份以后才从T大来医院。这之间的一个月不能没有人管。

虽然没当上教授,工作还是要做的。风间对自己这样说。

到了医院,几天没见,大家都很亲热地向他问好,和平日没有两样。

当然,这只是表面上的,别人是体谅风间的心情,有意这么做的。大家都避开评选教授的事,说些无关痛痒的话。有关研究课题的事,也没有人再跟他商量什么了。

大家同情风间,也知道他很快就不是他们的头儿了。跟要被更换掉的负责人商量什么也没有用。这是下面人的共同心理。即便是风间,这种时候也没有心情指导研究,或在临床上搞什么创新,搞也没有任何意义。另外,预定半个月后的手术还不知道怎么办呢。

面临着重大的人事变动,大家心情不安定也是可以理解的。

来上班的风间也无事可做。不,并不是无事可做。其实他也去总巡诊,也看门诊,还代理教授做决议并给学生讲课。

这些工作都是临时性的,他也就没有了丝毫热情。

现在的风间和原来意气风发的风间简直判若两人,再也没有身负临床和研究双重责任,加班到深夜时的劲头了。除了做些该做的事以外,他都待在自己的房间里,偶尔去研究室转转,也是做做样子。曾经那么投入的骨移植研究也中断了。

显然,他只是表面上装得很平静,内心却受到了打击。大家都小心翼翼地对待他,这更使得风间无精打采。

就像没有发生过教授评选一样,大家过着平淡的日子。

然而风间自己,不能总是回避现实。

失败归失败,该答谢的人还是得答谢。虽然没有评上,也是有人支持过他的。

去大学的第二天,风间拜见了可知教授。教授已经去了T大,风间找到了教授在T大的办公室。

可知教授一见到风间,就说了句"真是遗憾啊"。

"让您费了不少心,还辜负了您的期望,实在抱歉。"

"哪里,你不用道歉,评选真是让人无法琢磨。我完全没想到会是那样的结果。我没能帮上忙,很对不起你。"

"这是哪儿的话。"

说到底,失败是风间自己的责任。

"但是,这不等于一切都完了。虽说这次失败了,像你这样优秀的人是不会被埋没的。早晚会有其他大学来聘你的,耐心等机会吧。我也帮你打听着。"

"谢谢。"

风间低了低头。他知道这种可能性几乎没有。

如果是T大毕业的还好说,东都大学毕业的风间根本不敢奢望会有其他大学来聘自己。即便有这种可能,多半也是做做本校毕业的竞争者的陪衬。在各大学民族主义情绪日益增强的当下,获得其他大学的教授职位,简直是异想天开。失去了当母校教授的机会,风间就再也没有机会了。

"还是不要丧失信心,在大学待下去为好。以水口的为人,也不会立刻让你离开的。我跟他打个招呼。"

风间又低了低头,但他明白这也是不可能的。

对新任教授来说,肯定不喜欢被原来的副教授控制着,就像有个婆婆似的。水口教授再有肚量,也会觉得他碍事的。

风间只要换个角度,就看得很清楚,而且下面的人也会无所适从。

过去,内科曾经有过类似的例子,最后,副教授在一年半后离开了东都大学。大家嘴上说他可怜,心里却很嫌忌他。

风间不想落到那个地步,他打算等新教授到任后就走人。

"你的研究成果明摆着的,不要灰心,继续努力吧。"

教授越这么说,风间越觉得这些话苍白无力。

"先生的恩情我绝不会忘记的。"

风间再也待不下去了,说完便离开了教授的房间。

落选后,向东都大学各位教授致谢是必不可少的。当选了自不必说,落选了也不应太介意。

教授中有十三个人投了风间的票是不争的事实。

虽然失败了,风间觉得该致谢的还要致谢。虽说早晚要离开大学,但暂时还走不了。偶尔在走廊上还会碰见,所以,还是应该表示一下谢意。

可是,向没有投自己票的人致谢,他实在不情愿。

想来想去,风间决定只向自己觉得有可能投自己票的教授致谢。

从第一内科的宫田教授开始,到外科的高山教授、耳鼻喉科的吉川教授。这些人都是铁杆的风间派,所以,大家话虽不多,都露出非常遗憾的表情。

"我在会上说,一定要选东都大学毕业的人当教授,可还是不行。"

高山教授还说了这样的话,像自己落选了一样惋惜不已。

吉川教授说:"即便新教授来了,也坚持待下去为好。"

拜访的第六位教授是解剖学的田边教授。他是Ｔ大毕业的,但一直对风间很有好感。

"我一直以为你会当选呢。"

田边教授说到这里,忽然想起什么来似的问:

"你和可知教授之间有没有什么过节呀?"

"没有啊,怎么了……"

田边教授思考了一会儿后,有点儿为难地说:

"不知道告诉你合适不合适,是这么回事,在选举前,我接到了可知教授的电话。"

"什么事呢?"

"你能保密吗?"

"当然。"

"那我就告诉你吧。可知教授向我推荐的人不是你,而是水口。"

"不会吧……"

"可知教授亲自拜托我,最好投水口的票。"

"是真的吗?"

"我也不知道详情,大概因为水口是Ｔ大毕业的,又是可知教授的前辈,所以才推荐他的吧。"

"可是……"

风间不知该说什么好。尽管水口副教授是Ｔ大毕业的,可自己是可知教授的弟子呀。而且,可知教授明确表示过要推荐自己的,结果却推荐水口,这到底是怎么一回事呢?

"我说了你可别太介意,我听说,可知教授荣归 T 大的条件就是由水口来接替他,这是暗中说好了的……"

"这么说,从一开始可知教授就是这样打算的……"

"是不是从一开始就这样打算的不好说,不过,可以肯定的是,可知教授以 T 大毕业的教授为主,给所有教授做了工作,请他们投水口的票。"

"……"

"所以,我以为你和可知教授的关系不好呢。"

"哪有这回事!我还和可知教授一起搞了骨移植研究呢……"

"就是异种骨移植的研究吧?我也听说了。可是,可知教授好像并不那么积极似的。"

"不可能,是可知教授一定要搞,我们才搞的。"

"这就奇怪了。可知教授说,是你自作主张,不服从领导,甚至还擅自做人体实验,真是胆大妄为。"

"可知教授那么说的吗?"

风间想要否认,可是,血液直冲头顶,嘴唇哆嗦着,说不出话来。

"他在教授会上还说,如果让你这样的人负责研究,进行人体实验的话,非常令人担忧。"

"不对。完全不对。是可知教授让我们做异种骨实验的。因为教授说想要赶上学会发表,让学会刮目相看,我才带头搞起来的。不用说,人体实验也是教授的命令,不是我自己想干的。说我自作主张,真是岂有此理!而且,可知教授还不止一次地明确说过,这次实验成功之后,他自己就能当上 T 大教授了,并且推荐我接替他……"

"……"

"所以我才拼命地把医师们和患者们的不满压下去,就这么撑到了现在……"

风间不禁捂住了脸。说着说着,眼泪溢了出来,他觉得很难为情。

"我简直太傻了!"

"原来是这样啊!"田边教授点了点头,这太出乎他的意料了,一时不知该说什么好。

"瞧我这样子,实在不好意思!"

"我很理解你的心情。"

"原来我是被可知教授利用了……"

"我也不太清楚是怎么回事……"

风间攥起了拳头,紧咬着嘴唇。

田边教授担心地看着风间说:

"都怪我,不该告诉你。"

"不,多亏了您,我才彻底了解了这些见不得人的交易。我从一开始就被利用了。像我这样爱出风头的人才会被人看中,加以利用的。现在想起来,想当教授哪有那么容易的!"

"不能这么想。开始时你是很占优势的,无论从实力还是经验来说,当教授都是名正言顺的。"

"也许是这样。可是,可知教授比我棋高一着。在暗地里做了手脚,自己先一步当上了T大教授。"

"这些都是听说的……"

"不,一定是真的。我一听说水口参加评选,就觉得不对头。本应该去千叶国立医院的人突然来参加评选,当时我就应该意识到才是。不,应该更早一点,从这次实验开始就该意识到的。"

"可是,你也干得很不错……"

"干得不错的人就是这个下场。太没面子了,说出来让人笑话。"

"……"

"我怎么这么傻,真是个大傻瓜!"风间忘记了面前的田边教授,大声叫喊起来,"混蛋……"

风间脑海里走马灯似的浮现出了离开医院的真野、新谷以及科里的医师们。

他曾经一度觉得自己打败了他们,现在想起来,那只不过是井底之蛙之间的竞争。

敌人就在身边,并且是个巨大的敌人,他却没有发觉,只相信眼前的胜利。

"傻瓜,大傻瓜!"泪眼模糊的风间又发出了喊叫,紧接着像疯了似的哈哈狂笑起来。

此时,在可知教授的办公室里,新任教授水口正满面春风地听着可知教授给他介绍东都大学的情况。

图书在版编目（CIP）数据

美丽的白骨/（日）渡边淳一著；竺家荣译.—青岛：青岛出版社，2020.6
ISBN 978-7-5552-9041-4

Ⅰ.①美… Ⅱ.①渡…②竺… Ⅲ.①长篇小说—日本—现代 Ⅳ.①I313.45

中国版本图书馆 CIP 数据核字(2020)第 034831 号

麗しき白骨 by 渡辺淳一
Copyrights：©1981 by 渡辺淳一
This edition arranged through OH INTERNATIONAL CO. LTD.
Simplified Chinese edition copyrights：©2020 by Qingdao Publishing House Co., Ltd.
All rights reserved.
简体中文版通过渡边淳一继承人经由 OH INTERNATIONAL 株式会社授权出版

山东省版权局著作权合同登记号 图字：15-2017-237 号

书　　名	美丽的白骨
著　　者	［日］渡边淳一
译　　者	竺家荣
出版发行	青岛出版社
社　　址	青岛市海尔路 182 号（266061）
本社网址	http://www.qdpub.com
邮购电话	13335059110　0532-68068026
策　　划	刘　咏　杨成舜
责任编辑	刘　迅
封面设计	末末美书
照　　排	青岛新华出版照排有限公司
印　　刷	青岛双星华信印刷有限公司
出版日期	2020 年 6 月第 1 版　2020 年 6 月第 1 次印刷
开　　本	大 32 开（880mm×1230mm）
印　　张	8.25
字　　数	172 千字
印　　数	1-10000
书　　号	ISBN 978-7-5552-9041-4
定　　价	39.00 元

编校印装质量、盗版监督服务电话　4006532017　0532-68068638
本书建议陈列类别：日本　畅销　小说